"EL LAMENTO DEL CUERVO 2"

Autor:

Asya Shmaryan

Traducido al español por:
Yolanda Rubatto Ivanov

Compre este libro en línea visitando www.trafford.com
o por correo electrónico escribiendo a orders@trafford.com

La gran mayoría de los títulos de Trafford Publishing también están
disponibles en las principales tiendas de libros en línea.

Impreso en los Estados Unidos de América

ISBN: 978-1-4907-2894-0 (sc)
ISBN: 978-1-4907-2893-3 (e)

Fecha de revisión: 03/18/2014

 www.trafford.com
Para Norteamérica e internacional
llamadas sin cargo: 1 888 232 4444 (USA & Canadá)
fax: 812 355 4082

Asya Shmaryan nos vuelve a sorprender con un giro inesperado en esta entrega de: "El Lamento Del Cuervo Parte 2". Apasionada y siempre interesante esta nueva saga de Robert Lipinski y su fi el compañero Gale, el cuervo, nos deja en suspenso hasta la última página.

PARTE I

CAPÍTULO I

Toca el borde de la medianoche en los grandes lagos. Se escucho el eco alrededor cuando las llamas entraron en el coche. Un rayo de luz estallo, al mismo tiempo que estallaba en el sendero y se evaporaba en la neblina.

La escena que se ve es de dos hombres: Robert Lipinski y Dan Ming en la furgoneta envueltos en fuego.

Se puede ver a dos hombres, sentados en el interior de la camioneta, ardiendo en llamas, al borde del lugar.

En el lugar Dan ha desbloqueado el alféizar de cristal del coche, los dos estaban envueltos en una ráfaga de fuego, como se escuchó un estruendoso Eco alrededor; despúes de que el camión cayó en el agua; y allí ha explotado.

Un destello de luz se ve al mismo tiempo que una ragafa de senderos, para luego evaporarse en el aire.

Mientras se ve al cuerpo mientras se escucha su lamento y este resonancia en todas partes envolviendo el aire.

En contados segundos, sin medir aviso salen a flote desde debajo de las aguas 2 cabezas…

Antes de la media noche en The Great Lakes, Robert Lipinski nada al frente de Dan Ming llevan do el liderazgo.

Dan abrió las ventanas del furgoneta y listo! Los dos están libres por el momento de las llamas que envolvían el entorno.

Hasta ahora, los dos han sobrevivido a una explosión horrible en The Great Lakes.

Todo se ve en ruinas y se puede oler en el aire el olor a chamuscado por todas partes.

Las dos cabezas nadan por debajo del agua para no dejarse sorprender y llegan hasta la entrada de un arroyo a salvo.

Robert titubea mientras mira a su alrededor, luego le ordena a Dan: "Debemos nadar rápido, Dan, y tratar de permanecer ocultos con la neblina hasta que esta desaparezca?"-

En este punto Robert Lipinski y Dan Ming ya están nadando lejos, con la meta de llegar pronto al borde con Canadá.

Más tarde esa noche, este par aun se encuentra en los lagos, y han estado dentro del agua durante bastante tiempo.

Una corriente repentina empieza a envolverlos mientras ellos siguen nadando con fuerza contra la corriente en aguas profundas.

Una súbita corriente comenzó a sofocarlos; luego terminaron sumergidos.

En una situación difícil ellos han hecho un esfuerzo, comienzan a nadar a paso doble en un intento de buscar refugio en algún lugar

Dan mira a su alrededor, y se empieza a asustar y perder el aliento: "Rob! Maldita sea!"-

Dan se detiene por un segundo, como si recién se diera cuenta de lo que ha dicho. Luego piensa nuevamente: 'Wally, estas tu aceptando como cierto que podemos hacerlo?'

El efecto de estar mucho tiempo bajo el agua ha hecho mella. Roberta esta sin aliento, cuando sacude el agua de su cabeza como aceptando su suerte. Con la respiración entrecortada por el largo tiempo dentro del agua, asiente diciendo: "Sí! ¡Quizás! Espera, amigo! Es horrible, lo que hemos pasado y todo lo que tenemos aun por delante."-

Dan mueve la cabeza hacia arriba y hacia abajo: 'Es verdad! Esperemos lo mejor. ¡Ah! Oh...'-

Robert está jadeando, asiente con él es la cabeza, y piensa rápido al mismo tiempo que habla:

"Deberíamos orar? El agua es densa ahora. Ah, oh…"-

Robert y Dan creo que a veces, luego continúe con el paso rápido tiempo van para un baño de inmersión.

Robert primero desapareció en aguas profundas, seguido a corta distancia de Dan. Así como han nadado, no ve límites, ambos se ven rodeados por la frialdad de las aguas por un largo tiempo.

Al fin, los dos contra el viento nadan en dirección a la meta, Green Bay en Wisconsin.

Dan observa inicialmente los daños en sus extremidades. Ellos siguen enfocados en las heridas de Rob, quie esta perturbado; y Dan dice: "Wally estas herido?" - Sin embargo Robert no presta mucha atención " 'No mucho, sólo unos cortes y magulladuras. ¿Tu tambien Dan?'- Dan replica: Yo también, y se siente aterrado, pero al menos sobreviviremos, verdad amigo? Robert entonces informa: "Claro que podemos, ahora vamos a buscar un lugar para lamer nuestras heridas."-

Cuando Robert aparece parado en el lugar, descubre ahí un grupo de pescadores, que están en mangas de camisa y han comenzado su trabajo. En ese caso Robert inclina, cuando apunta a aquellos: 'Dan, ven los pescadores allí?'-

En un momento del tiempo este par llega a la costa, frente a sus ojos con una vista compartida ven la costa y se miran, sabiendo que ya llegaban al límite de sus fuerzas.

Hacen un esfuerzo sobrehumano, y comienzan a nadar en la mitad del tiempo, en un intento de buscar refugio en alguna parte...

CAPÍTULO 2

Unos minutos mas tarde este acto de valor de los dos ha logrado su recompensa al llegar a tierra firme y segura. Miran a su alrededor en un intento de encontrar un refugio, donde logran secarse ellos mismos la ropa.

Una vez miran alrededor, en un esfuerzo por encontrar refugio, así como la tierra seca en ese sitio...

Inicialmente Dan se observa los daños en las extremidades. Sigue su mirada y esta se centra en Robert, que se ve perturbado, y Dan dice: "Wally estas herido? Te has hecho daño?"- Sin embargo, Robert no presta atención: "En realidad no, sólo algunos cortes y moretones! ¿Y tú, Dan?"- Dan replica: "Yo también, fue aterrador pero al menos llegamos a sobrevivir que es lo mas importante, amigo ¿no?"- Robert entonces aconseja: 'Ahora, debemos encontrar un lugar para lamer nuestras heridas!'- Robert mira atentamente a su alrededor y mas allá ha descubierto un grupo de pescadores, y le pregunta a Dan, ¿ves pescadores de allá?'-

Dan mira de lado a lado a los hombres.

Él se da la vuelta y les dice-así: "Sí! Pero mi pregunta es que es lo que pretenden ahora?"-

Robert mientras tanto, piensa un minuto…

De repente algo se hunde en él, y pregunta:

"Estas pensando lo mismo que yo estoy pensando Dan?"-

En este punto, Robert pone una mano en su bolsillo, y saca una bolsa envuelta. Luego levanta la cabeza; la inclina, y da un guiño de aquellos.

Luego señala sus bolsillos húmedos y replica: "Tenemos que ir, y negociar con los pescadores, Dan."–

Mientras que el aparece con una solución, parece que no esta muy convencido aun.

Robert hace un guiño y hábilmente insinúa: "Yo sé lo que debo hacer! Dan Vamos a negociar Con los pescadores! Ellos nos pueden ayudar, apostamos?"-

Robert se inclina de lado tocando sus bolsillos, en donde lleva esta pequeña bolsa.

Dan y Robert está seguro ahora, deben ir y negociar con los pescadores.

En esa noche, en un refugio en una cabaña un grupo de pescadores están sentados, en el otro lado se ve a Robert estos y juntado a él a Dan.

Robert comienza una charla amistosa con los pescadores: 'Amigos, lleguemos a un acuerdo, nosotros queremos viajar en uno de sus botes. Ustedes saldrán beneficiados de este acuerdo, se los aseguro.'-

Los pescadores miran a Robert, no hay emoción que los delate en sus ojos.

En este momento crucial Robert espera, luego un guiño de ojos de los pescadores les da un respiro y saben que el trato está hecho.

Esa misma noche, aproximadamente a las 3 de la mañana, Robert consigue estar a bordo de uno de los barcos de los pecadores.

Allí esta tendido en la cama del barco; Dan lo sigue pero de pie.

Robert le susurra: "Que estás haciendo hombre? Baja la cabeza de una vez! Quieres que la policía nos encuentre?"- "Cúbrete la cabeza de una vez y échate a mi lado!"–

Sigue diciendo Robert. Dan agacha la cabeza y asiente: "Disculpa amigo, no estaba pensando con claridad."– Robert le pasa a Dan una frazada ligera y le dice: "No hay problema Dan, ahora relájate y cúbrete la cabeza, ya iremos avanzando."-

Al mismo tiempo Robert y se enfrenta de cara a los pescadores: "Vale amigos ahora si, estamos a solo 7 pies de 'distancia, queremos llegar a salvo y ustedes tendrán la recompensa prometida."-

Robert parece mirar a lo lejos, en el horizonte.– No se Dan Tenemos que llegar a Canadá. Una vez ahí veremos qué pasa.

En el horizonte se ve otro barco pesquero. Luego el mismo barco desaparece en el horizonte.

CAPÍTULO 3

Esa misma mañana, en la casa de los Lipinski, Roselyn esta media despierta cuando entra a la sala familiar. Roselyn va cambiando los canales de televisión y luego se relaja en uno de los sofás, junto a Hugo.

De pronto el canal empieza a emitir una edición de último minuto, en donde las fotos de Robert aparecen al lado de un hombre joven de ascendencia china.

Roselyn ve con alarma las fotos, luego sus ojos se entristecen cuando el reportero empieza a decir: "Ahora una noticia de último momento: "Estos dos criminales que mostramos en imágenes han intentado huir de la policía, y está en un esfuerzo por alcanzarlos abrieron fuego contra la camioneta en la que iban los malhechores."– Producto de la huida y por el exceso de velocidad la camioneta ha impactado contra una valla y ha caído al lago lo que ha tenido como resultado que el vehículo estallara en llamas con sus ocupantes adentro. – El reportero continúa: "Se presume que los delincuentes han muerto producto del estallido del coche o de las aguas congeladas del lago!"- El reportero da una pausa para tomar aliento y continua con la noticia: "La policía ha identificado a los sospechosos como: Robert Lipinski y Dan Ming. La búsqueda por los cuerpos continua aun pasada la medianoche."– El reportero sigue hablando, pero en este punto Roselyn ya no lo oye.

Roselyn esta pálida, en su rostro solo se percibe una expresión de pena, de luto.

Hugo se sienta al lado de ella, la abraza e intenta reconfortarla, nada parece animarla; Hugo teme que caiga inconsciente del dolor que la noticia le ha producido.

De pronto Roselyn parece volver en sí y llora de manera histérica: "Oye, Dios! Es mi hijo! Como pudo suceder esta desgracia? Porque Dios mío?"-

Hugo coge las manos de Roselyn y le dice calmadamente: "Ten fe Roselyn, Yo no creo en los policías. Que Robert no está vivo? No les creo."–

CAPÍTULO 4

Amanece en Canadá, en este punto Robert y Dan tienen que ir con cuidado.

Robert y Dan han conseguido un vehículo y están por ir de allí. Esa mañana, mas tarde, este dúo se encuentra a miles de kilómetros, parece que lo han logrado.

Están en el tráfico, suben y bajan las colinas, pero respiran el viento y sonríen, están tranquilos.

Ya lejos y relativamente seguros los dos rompen a hablar, sienten que ya estando solos lo pueden hacer libremente.

Robert rompe el silencio primero: "Mira Dan, ahora debemos ser cautelosos, primero ya no me llames Rob, de acuerdo? Vamos a cambiarnos de nombre, de ahora en adelante llámame Wally Miser."– Dan mira a Robert y asiente con la cabeza pero su mente parece volar en otros temas: "Rob, no dejo de pensar como así pudimos evadir a estos 'malditos policías? Como lo logramos?"-

Robert parece preocupado entonces, miles de pensamientos rondan en su cabeza. "Si así es la vida verdad?"– Se detiene toma un respiro y prosigue: "Mi única preocupación y que carcome mi alma es que Cíclope logre tener a Nora. Podría presionarla, darle miedo, chantajearla, no lo sé; este mal bicho podría usar todas sus tácticas para poder tenerla, y me da mucho temor que ella caiga."–

Luego Robert se detiene y parece seguir pensando pero en silencio.

Se detiene nuevamente, y el mismo se responde: "No, Nora lo odia, le tiene repulsión. Yo no creo que esto pase."-

Vuelve a quedar en silencio y nuevamente sigue el embate: "Como este desgraciado puso saber de nuestros planes?"-

Luego Dan se vuelve a el y le responde: "Yo estoy seguro que el nos estuvo espiando, eso estoy seguro."–

Este dúo está feliz, se acercan a un rancho en las periferias de Canadá, pero bien seguros de estar lejos, muy lejos ya de Estados Unidos.

Siguen caminando hasta encontrar una tienda de auto partes, en donde también venden scooter a motor.

Robert con mirada picara se dirige a Dan: "Que te parece amigo si tomamos prestado uno de estos scooters? Total aquí parece que tienen muchos y no los usan!"-

Dan lo mira con pánico: "Estas loco? Qué pasa si nos agarran? Quieres meterte en problemas también aquí?" – Basta con mirar al interior, no hay forma de hacerlo…"

Ha pesar del desacuerdo irrumpen en la tienda, y se les ve a los pocos segundos cada uno con un scooter a motor!

Nadie puede reconocerlos, llevan ropas de cuero negro, capucha y lentes oscuros.

Los pilotos camión n a paso acelerado con el scooter, corren y corren y han entrado a la autopista.

Siguen en carretera, lo hacen muy bien y ya al terminar la tarde han recorrido buen trecho del camino y nadie los ha seguido.

No paran de correr, ya entran en calles, salen nuevamente a la autopista.

De pronto Dan gira la cabeza hacia arriba y con una sonrisa piensa: "Wow! El aeropuerto! Hemos llegado al aeropuerto de la ciudad!"–

Dan le hace signos a Robert y este se detiene a un lado del camino: 'Mira Rob estamos en la dirección correcta! Mierda! Lo hemos logrado! Estamos en el camino correcto!'– Dan asiente y su sonrisa se ilumina.

"Mira Dan, mira ese letrero!"– Dice Robert muy entusiasmado, señalando un letrero que dice "Circo".

Que tienes en mente, Robert?"– Dan lo mira con recelo.

Robert lo mira y le dice muy confiado: "Tengo un plan! Tengo uno muy bueno para ser exactos!"–

"Vamos Rob dime que es porque aun no caigo!"– Replica Dan. Vamos a hacer un poco de transformación en nosotros con algo de magia! – jajaja: "Vamos a usar el circo para provecho nuestro Dan?"– Insiste Robert

CAPÍTULO 5

El sol recién sale en Estados Unidos, Eleonor aun duerme bajo las sabanas como si no estuviera ahí, perdida…, está en la carceleta.

Se abre la puerta y entran el Inspector Colubrine y Martin -'Ciclope', los dos muy serios y circunspectos vestidos con ternos oscuros.

Traen consigo una bandeja de comida que dejan al costado y miran ambos por la única pequeña ventana de la celda.

"Como está la novia fugitiva esta mañana?"– Ciclope pregunta con cierto sarcasmo en la voz. – Prosigue: "Espero te hayas levantado de buen humor hoy."-

Nora los mira a los dos con odio y aborrecimiento y les contesta en tono irónico: "Gracias estoy muy bien, seguro que me han tenido en sus oraciones de cada día!"–

El Inspector Colubrine levanta una ceja y replica en tono serio: "No hay necesidad de su sarcasmo Señorita Lonsdale."–

Aquí Martin le ha salvado la vida el otro día, usted ha podido morir en ese coche como los otros dos!

En ese momento Martin la mira y sus ojos brillan: "Vamos Nora come algo, es bueno para ti."-

"No gracias, Martin! Estoy segura que la comida se quedaría atragantada en mi garganta, no deseo comer nada."– Replica Nora con calma.

Colubrine la mira y cansado le dice: "Basta de tanto juego Señora Lipinski!"– Luego se detiene como si quisiera confirmar lo dicho: 'Porque es usted Señora. Lipinski ahora no?'– Nora lo mira desafiante y con orgullo contesta: "Si, soy Nora Lipinski ahora."-

Colubrine pliega una mano sobre su pecho para darle una idea acerca de él dolor que siente, intenta engañarla y ello lo percibe: 'Usted necesita saber que lo sentimos por la pérdida de su esposo…?'-

Nora le detiene antes de que siga hablando: "Si? Realmente? Me cuesta mucho creer que ustedes sientan algo por la muerte de mi esposo!"-

El inspector está enojado, y le responde con firmeza: "Me estoy cansando de su actitud Señora Lipinski! Usted tiene que ser 'amable con nosotros! Nosotros tenemos la prueba de que usted estuvo involucrada en todo este asunto y eso la puede llevar a usted a la cárcel. Nosotros somos la ley y estamos aquí para que se cumpla!" –

Nora se pone pálida pero sigue echada en la cama sin pararse, de pronto se pone de pie y con voz tensa pero firme les dice: 'Entonces quiero un abogado de ley y un juicio justo!'

El Inspector Colubrine la mira disgustado y a punto de explotar.

El Inspector se va y Martin aprovecha para hablar a solas con Nora.

CAPÍTULO 6

A la luz del día en Canadá, se ve a Robert y Dan entrando a las premisas del circo.

El lugar está a la vista a la vista de todos, el circo siempre esta abierto y parece decir siempre:

"Listos para que comience el espectáculo!": También se ve el lugar donde los actores del circo practican sus trucos, ahí donde encandilan cada noche a su público.

Este dúo mira la colección de aparatos y la cantidad de atores que están practicando sus rutinas y caen bajo el hechizo de esta gran carpa también.

Diez minutos más tarde en una oficina del circo se ve a un hombre en sus cuarenta y tantos años, su nombre es Wallace Summer, que está sentado en su escritorio.

Al lado opuesto están Dan y Robert ensimismados en una discusión que Summer no logra oír.

Summer se aproxima a ellos con curiosidad: "Cuál es su nombre, caballeros?"– Robert presto contesta:

"Me llamo Ro…, mi nombre es Wally Miser!" –

Dan salta en medio de los dos y dice: "Y mi nombre es Sang!"-

Summer los escudriña sin ninguna vergüenza y les dice:

"Asi que ustedes señores están pensando que pueden tener un acto aquí en mi circo?"-

Este circo se llama: "El circo más fino del mundo."– Prosigue Summer: 'Y por lo general la mayoría de actos se realizan con animales, así el público se engancha más con cada acto.'–

Dan y Robert se miran aun perplejos. Pero presto como siempre Robert responde: "Señor nosotros realmente queremos trabajar y sabemos que podemos traer un acto espectacular que dejaría a todos con muchas ganas de venir nuevamente!"–

Dan entiende que deben convencer al dueño del circo para que los contrate así que se le ocurre una idea genial, que deja helados a Summer y también a Robert: "Señor Summer nosotros tenemos un acto que no lo tiene nadie y 'que dejara boca abiertos a todos cuando vengan! Se llama: El doble acto del cuervo!"–

Summer lo mira atónito sin entender: "Me estás diciendo que ustedes se van a disfrazar de cuervos para hacer un acto de magia?"–

"No señor!"– contesta Rob: "Es un acto de acrobacia y magia con un cuervo de verdad, uno entrenado y especial, nadie nunca ha visto un acto así! No es cualquier acto, es un acto impresionante, usted no se decepcionara!"–

Summer no parece muy convencido: "Pero alguna vez han saltado de un trapecio? Sabes cómo caer?"–

'Mejor que eso Señor Summer!'– Responde Robert: "Mejor que eso! Nosotros haremos magia con ese cuervo!"-

CAPÍTULO 7

Anochece en estados Unidos. Se ve una fila de coches, una fila larga de vehículos que van llegando uno después del otro.

Se detienen todos frente a un edificio. No e ve nada a través de los cristales de los coches.

Luego al detenerse, se abren las puertas casi a la misma vez, y aparecen unas caras conocidas: Hugo y Roselyn, muertos de miedo, levantan la cabeza hacia el edificio como si este fuera un gigante hambriento.

De la nada surge Martin, es amable dentro de lo posible con ellos: "Oye, ustedes dos, vayan caminando por ese lado. Los dos, Roselyn y Hugo se miran en silencio y empiezan a caminar."-

Hugo se inclina hacia su esposa y en murmullos y señales con los ojos le dice: "Rosy, trata de no ceder – no caigas si Rosy?"- Rosalyn se voltea molesta hacia el y le pregunta: "Como no caer? Como no desmayar?"– Por amor a tu hijo debes ser fuerte – responde serio Hugo.

Los policías ahora si los empujan y les piden que se muevan, que vayan caminando sin parar.

Luego entrada ya la tarde y oscureciendo de a pocos, los dos están en un salón que mas parece un cuarto de interrogatorios de lo intimidante que es. Hugo parece pegado a la silla, sin moverse, justo en frente del Inspector Colubrine, al que le da la luz de la bombilla en la cara.

Afuera, y detrás del vidrio esta Martin, que observa toda la escena, junto a otro inspector, los dos parecen nerviosos pero a la vez molestos.

En el cuarto de interrogatorio, el Inspector Columbrine le pregunta a Hugo: "Señor Morales, sabe usted porque está aquí hoy día?"– Hugo esta agitado pero lo mira sin demostrarlo.

'No!'- Responde Hugo: "No sé porque estoy aquí, pero si quiero saber donde esta mi esposa en este momento! Pronto lo sabrás Hugo, pronto lo sabrás."– Responde Columbrine.

El inspector pone una mano sobre la mesa. El silencio se mantiene durante el interrogatorio, y Colubrine luego le dice lentamente a Hugo: "Pero no te lo diré hasta que me digas, ¿dónde está tu hijastro, Robert Lipinski?"- Hugo sonríe por dentro, pero no mueve ni un musculo de su cara. Hugo se demora en responder: "Teniendo en cuenta la tragedia que le ha sucedido a Robert y a su compañero, y sin duda, que fue provocado por ustedes aun me pregunta donde esta?!"- prosigue Hugo: "Ustedes lo siguen buscando? De verdad? El no está en ningún lado, no lo van a encontrar nunca!"–

Martin, que sigue observando el interrogatorio tras el vidrio, mueve la cabeza y levanta las manos en señal de desesperación:

"Este maldito bastardo nos está mintiendo! El sabe algo y no nos lo quiere decir!"–

En el interrogatorio Columbrine intenta persuadir a Hugo: "Señor Morales, Rob no es su hijo, entonces porque tomar el 'riesgo? Es mejor que si sabe algo nos lo diga de una vez para evitarse problemas mayores."- Hugo lo mira con rabia mal contenida: 'No se nada, pero si lo supiera jamás les diría nada!'

Martin ya no da mas, no puede contenerse: "Maldito desgraciado, ni mentir sabe, nos está ocultando algo!"–

El oficial a su lado le dice: "Tranquilo McDermott, tranquilo, el jefe sabe lo que hace, dale unos minutos mas."-

No puedo – dice Martin: 'No puede esperar ni un minuto mas para sacudirle la verdad a este maldito!'-

Volviendo al interrogatorio, Hugo prosigue: '¿Sabe usted, ¿por qué no le diría nada a ustedes, inspector? Porque lo están cazando como si fuera un animal! Pero sabe algo, Robert es un hombre bueno y amable!'-

Columbrine está al borde su paciencia y se nota: "Señor Morales, yo soy un buen policía y me gusta hacer la cosas de manera correcta, pero si usted sigue con esa actitud, va a 'conocer lo que es un mal policía! Y créame no desea saberlo!"

Hugo lo mira desafiante, no le dice nada pero su actitud no necesita mas palabras. El Inspector Columbrine totalmente frustrado le dice: "Bueno Señor Morales, no me deja otro remedio…"-

Quince minutos despúes, en el mismo cuarto, ya sin el Inspector Columbrine presente, están martin y Hugo.

Martin no cesa de pegarle en el rostro a Hugo, que lo mira con pena y rabia a la vez.'– Martin me estas decepcionando, realmente lo estás haciendo: "Porque profesor Morales, porque lo decepciono?"- Pregunta Martin a manera de burla.

Con voz cautelosa pero firme Hugo le dice: "Si Martin, yo soy profesor, e intento sacar lo mejor de cada persona!"-

Martin lo para diciendo:

'No estoy interesado en tus lecciones, lo único que quiero es encontrar al bastardo de Rob!'–

Martin sigue lanzando golpes, pero Hugo se aleja: "Yo no sé dónde Robert esta. Pero incluso si lo supiera no te lo diria."- Hugo no puede terminar que la frase, cuando Martin le golpea de nuevo. Un golpe! Hugo lanza gemidos de dolor. Él lanza otro golpe: "¡Ay! Martin parece como si tuviera sangre fría: "Usted no va a librar de mí fácilmente!"–

Hugo lo mira nuevamente a los ojos y le dice: "Sólo estoy avergonzado de que hayas sido mi estudiante. Estás loco McDermott, totalmente loco!"-

Martin parece realmente enloquecer, no para de tirarle golpes a Hugo y le dice: "Maldito seas profesor, como no empieces acantar de una vez tu estúpida mujer recibirá los mismos golpes!"–

Hugo lo mira con cautela: "No te atrevas a tocar a Rosy, ella no tiene la culpa de nada!"–

Esa noche en una celda oscura, dos mujeres se encuentran y empiezan a conversar en murmullos: son Rosy y Nora.

De pronto la pesada puerta de la celda se abre, y entra Martin, con paso fuerte y en busca de problemas.

Las dos mujeres saltan de la litera, y se abrazan una a la otra, buscando protección, con miradas de miedo.

En ese momento Martin se acerca a Roselyn, y la agarra por el cuello y la atrae hacia si. Roselyn pierde el equilibrio, y como resultado se cae en el pedregoso suelo.

Nora grita; y se agacha a recogerla. Ella está furiosa y empezó a hablar con Martin: "¿Por qué diablos has hecho eso Martin?"-

Martin las mira con burla y les responde a las dos:

'Señora Morales, lo que acabo de hacer no es nada, no se imagina todo lo que la puedo hacer sufrir si no me dice de una buena vez donde está su hijo!'-

Rosalyn levanta los ojos y con furia responde: "No puedo creer que seas así Martin. Tu y mi hijo han sido compañeros de clase! Como te atreves!"–

Rosalyn empieza a llorar pero Martin imperturbable le dice: "Cuando agarre a Rob lo voy a meter a la cárcel, donde perteneces este desgraciado! Ahí la justicia se encargara de él!"–

CAPÍTULO 8

Mientras en el circo, Rob se ha convertido en un experto en el juego de manos, depende de la utilización por media docena de principios: los efectos, rutinas y trucos; algunas de las cuales Rob ha sido capaz de aprender hasta ahora. Pocos meses han pasado.

Esa tarde. Robert, Dan y la urraca, han firmado un contrato para actuar en el circo para toda la temporada...

En la tienda del circo se ve a Robert-Wally hablando con Wallace: "Señor, Dan y yo estamos honrados por la oportunidad de actuar en su curco!"-

Summer sonríe: "Vale, Wally hoy es su debut! Para empezar que estén totalmente seguros del trió que van armar hoy!"–

El circo tiene cinco espectáculos principales, uno de estos actos lo lidera Robert: "El Cuervo Mágico"; en ese espectáculo ellos buscaran encandilar al público con sus destrezas.

El programa de espectáculos los lleva a estar viajando siempre, yendo de carril en carril.

Robert y Dan no se separan nunca de la urraca.

Robert y Dan están nerviosos, será el primer acto los tres, esperan poder convencer al público y al dueño del circo.

CAPÍTULO 9

Ha pasado ya un mes, el espectáculo de la urraca ha sido un éxito; y el trío va acompañando al circo en todas sus presentaciones por todos lo pueblos que recorren.

Una noche, el dueño del circo, Wallace Summer, entra a la tienda donde Dan, Robert y el cuervo descansan.– Ustedes chicos, levántense, tengo una buena noticia para ustedes! El espectáculo ha tenido tanto éxito, que desde hoy son la atracción principal de este circo! –

"Rob, que ahora se llama Wally, no puede creer lo que ha escuchado, está muy emocionado y orgulloso de Gale!"–

"Gracias Señor Summer, de verdad se lo agradezco mucho, es un honor para nosotros."- Summer se muestra complacido y prosigue: "Les ofrezco tours separados en donde ustedes serán la única tracción."- Robert agradece nuevamente mirando a

Dan: "Gracias Señor Summer, por ahora estamos muy agradecidos y aceptamos la oferta, pero en el futuro no sabemos dónde llegaremos y cuanto tiempo nos quedaremos.

'No importa!"– Replica Wallace: 'quédense el tiempo que deseen y ya veremos cómo van saliendo las cosas.'-

Para el espectáculo, Robert y Gale han entrenado mucho un juego de manos, realmente la estrella es Gale, y parece disfrutar mucho de la atención del público.

CAPÍTULO 10

an pasado ya algunos meses desde que este trío se
uniera al circo, han viajado por muchísimos pueblos
de Canadá y alrededores.

Siempre siendo Gale la estrella con unos trucos de magia que
dejan boca abiertos al público que siempre pide más.

Robert y Dan están detrás de la tienda conversando…

Rob parece nervioso, se mueve en circulo pequeños y parece
muy incomodo: "Dan, como vas con las joyas? Has logrado
encontrar un comprador para colocarlas?"–

Dan asiente con la mirada pero calla de pronto cuando una
sombra pasa al costado de ellos: 'Si!'– Responde Dan: "Ya casi
están colocadas, estoy a punto de cerrar el negocio."– Rob lo mira
y le dice: "Ten cuidado si? Esas joyas son muy valiosas y es lo único

que tenemos, tienes que cerrar el negocio pronto y con mucho cuidado de que nadie te siga. Lamento no poder acompañarte pero el tema de los ensayos con Gale me quito 'mucho tiempo."– 'Tienes que encontrar algo de tiempo!'– Replica Dan: 'Yo lo sé.'– insiste Robert: "Pero también me da miedo que nos vean juntos y la gente empiece a sospechar, debemos actuar con mucha cautela siempre. Los dos intentan pensar la mejor manera de actuar, en silencio."-

Robert insiste: "Cuando vendrán esos clientes, Dan? El material debe ser vendido uno a la vez o podríamos terminar en un lio gordo si alguien sospecha de nosotros."- Llego la hora del espectáculo: "Volveremos hablar luego del espectáculo, si Dan?"–

Dan asiente con la cabeza mientras mira a Gale que observa desde un rincón como si entendiera todo, como si supiera todo.

'Dan nuestra suerte tiene que cambiar!'– Insiste Rob: 'antes de irse a enfrentar al público con su espectáculo de magia!

Luego se ve a los dos tomando diferente camino.'-

Rob se enfrenta al público, disfrazado como siempre para que nunca nadie lo pueda reconocer.

PARTE II

CAPÍTULO 11

Casi seis meses Han pasado. Es casi de noche. Aquí en el aeropuerto hay dos caballeros: un hombre blanco de edad. En cuanto al otro es un hombre viejo chino, que lleva una túnica larga que coincide con una barba gris. La cara de este hombre chino esta surcada de arrugas; y camino lento ayudado de un bastón de madera.

Estos dos hombres caminan a paso lento, propios de su edad. Luego de acercarse a ventanilla, los dos ya tienen su tarjeta de embarque, listo para partir hacia su destino.

Luego entran a aduanas, en donde un agente les pregunta en un tono sospechosos: "Porque viajan con un cuervo? Cuál es el propósito de este viaje?"-

Los dos ancianos se encuentran molestos por el escrutinio. El anciano de ascendencia china responde malhumorado acariciando a su cuervo, es Dan por si aun no lo habían sospechado:

"Yo nunca viajo sin mi cuervo, es mi compañero de viaje a todo lugar que yo vaya."–

Otro agente de aduanas se acerca a Dan y con respeto le dice: "No se preocupe señor es solo una pregunta, pase usted la caja del cuervo por los rayos x para comprobar que todo está correcto."-

Luego de mas de dos horas de espera, ya muy nerviosos y pensando que no lo lograrían, volvió el oficial de aduanas y les dije: "Todo claro, usted y su cuervo pueden pasar!"–

La cara de alivio de los dos ancianos fue realmente evidente en este punto.

Los dos hombres dejan la caja con el cuervo para que vaya en equipaje y suben al avión con destino a Hong Kong.

Ya dentro del avión, respiran mas tranquilos.

El anciano de ascendencia china viste una túnica larga propia de la zona.

Una mujer delgada, parece de ascendencia china también comienza a hablar con el anciano que tiene a su costado: - disculpe usted habla ingles, señor? –

El anciano que no es otro mas que Rob le contesta: "Si claro que hablo ingles? Hacia dónde va usted?"– La mujer le responde: "Voy a Hong Kong pero hare una parada en Macau, y usted?"–

'Bueno aun no lo se!'– Responde Robert: "Usted ve a ese hombre allá?"– Dice señalando con un dedo a Dan: 'Si lo veo!'– Responde ella. Bueno prosigue Robert: 'Yo estoy escoltando a este hombre en su viaje, veremos a donde vamos.'-

CAPÍTULO 12

El avión con los dos hombres y la urraca bordo ha aterrizado durante el día: ellos han logrado llegar a su destino.

En Hong-Kong, en el Aeropuerto se ve a los viajeros desembarcando.

Luego se les ve a los dos ancianos en el carrusel de las maletas, esperando de manera paciente por sus maletas.

Han pasado dos horas desde que el avión aterrizo, Rob que ahora se hace llamar Wally, está caminando al lado de Ming que viste con una extraña túnica y una barba falsa.

Robert le empieza a preguntar a Dan: "Crees que lo descubran? Crees que descubran las joyas?"– Dan le dice en tono grave: "Ojala que no se les ocurra buscar en el compartimiento del ave, solo nos queda rezar y esperar."-

Luego el dúo logra pasar aduanas, ahora tocan los agentes de migraciones. Un agente mayor mira a Dan y le pregunta:

"Usted no necesita un visado para entrar aquí?"–

Los dos están aterrados, la lengua parece que se les ha trabado los dos mientras que el agente de migraciones prosigue: "Usted no tiene una visa validad para poder entrar."

En ese mismo momento aparece un oficial de aduanas con la jaula y el cuervo adentro: "Disculpen la molestia señores, hubo un retraso con uno de los vuelos y eso demoro todos los demás. Aquí tienen a su cuervo."–

Ese mismo oficial le dice a l otro que no hay problema que si tienen visa valida que ellos ya chequearon eso al entrar.

Dan y Robert respiran aliviados y ven con regocijo cuando el oficial les sella los pasaportes y les da luz verde para pasar.

Aun en el aeropuerto los dos hombres ancianos se transforman nuevamente en lo que son, dos hombres jóvenes.

Lamentablemente la mujer con la que estuvieron hablando en el avión, Joanna, no se había ido aun del aeropuerto y se dio cuenta de la extraña transformación de los dos hombres:

"Quienes son ustedes? Pregunta Joanna alterada – quiénes son y que se proponen hacer aquí en Hong Kong?"-

Dan se voltea hacia ella y con un perfecto ingles le responde:

"Venimos a hacer negocios mi socio y yo – dice señalando a Rob – y le agradeceremos mucho si usted no comenta nada de lo que ha visto hoy -

Joanna mira a Rob, con ojos de gato a punto de saltar sobre la mantequilla: "Y tu nombre real es Wally o tienes oro nombre?"–

Rob la mira con mucho recelo y asi con ese tono de voz le responde: "Mi nombre es Wally Miser, ese es mi nombre!" –

Joanna lo mira con ojos de risa: "Bueno te puedo decir que ahora estas mucho mas atractivo que antes en el avión!"– Mi nombre es Joanna Hoy Pereira.

Robert se sorprende del apellido al mismo tiempo que Dan, a lo que lla dándose cuenta les responde aireada: "Cual es el problema? Si tengo un apellido mixto. Mi familia vivía aquí cuando hubo la invasión portuguesa. Soy mitad portuguesa y mitad china!"-

Robert la mira y no entiende el barullo, si le pareció raro el apellido porque sonaba mas latino pero no entiende tanto el jaleo de Joanna: 'No entiendo tu molestia Joanna.'- Responde con una sonrisa amable.

Joanna parece relajarse y le dice: "No importa no es nada, si deseas pasar a visitarme cuando este en Macau estos son mis datos?"– Y le entrega una tarjeta con su nombre y teléfono.

CAPÍTULO 13

E s un día caluroso divino en Hong Kong. Robert y Dan antes de ahora, revisado en un hotel, ubicarse al centro sobre rascacielos interno, que tiene un lujo.

Después de haber relajado en su traje de hotel; y de darse una ducha, este dúo solicitud de administrador del hotel para ver un mapa alrededor de Hong Kong.

En poco tiempo se fueron a una excursión.

Aquí entró en vista Robert y Dan están caminando por el centro. Allí a través de resuelven el sol que está destellando con sus rayos desde el cielo, y el clima es tropical para los turistas a disfrutar.

Después de veinticinco minutos de caminata, llegaron al alcance de esta tienda, donde se observa un anuncio

"Señor Wong-Lao Wu Joyería."

La joyería se encuentra en un pasadizo estrecho.

El dúo decide entrar a la tienda, Robert mira a Dan con recelo y le pregunta: "Dan estas seguro que esta es la tienda? Hemos cruzado al frente, volteado a la derecha y luego a la izquierda."-

Dan revisa sus notas, anotadas en un block de papel y responde: "Si, efectivamente es el lugar." -

Robert sonríe y le dice a Dan: "Vale, ahora practica y habla en tu idioma"– Luego se rie de su propia broma.

La tienda de joyas está situada al final de la esquina. Robert y Dan miran cautelosos antes de decidirse a entrar.

A este punto, Dan y Robert ya entraron a la tienda, que es como un almacén de joyas, cuando entran una señal se activa y suena DIN de un timbre pegado arriba de la puerta de entrada.

Cuando suena el timbre, el dueño, un chino, surge de atrás de un pasillo y se pone frente al mostrador.

El chino es un hombre alto, entrado en años y lleva ropa informal.

Los mira de reojo y mira sus joyas, aseguradas en sus anaqueles para que nadie intente llevárselas.

Dan y Robert les dan una mirada a la enorme variedad de gemas y piedras preciosas que tiene el lugar.

Dan empieza a hablar en Cantones al dueño de la joyería: 'Buenas tardes buen hombre, habla usted ingles?' -

El dueño de la tienda, Señor Wong, alza la cabeza, los mira con mucha curiosidad y les responde: "Si habla ingles, en que los puedo ayudar caballeros?"–

"Mi nombre es Wong Lao, soy el dueño de la tienda y los puedo ayudar en lo que deseen? Están buscando una joya especial? Para alguna ocasión en particular?"–

Dan y Robert se miran y no saben como empezar. Robert se decide y habla primero: "Mucho gusto Señor Wong, nosotros hemos venido hasta aquí buscándolo, especialmente a usted. Tenemos un distribuidor en común, y el nos ha dado sus datos."

Wong los mira con mas recelo que antes: "Que desean exactamente señores?"–

Robert saca de lo más profundo del bolsillo de su pantalón una bolsa pequeña y la desenvuelve, dejando a la vista las hermosas gemas.

Sin ningún aviso entran unos clientes en ese mismo momento a la tienda, Rob y Dan entran en pánico, pero el Señor Wong se hace cargo de la situación, tapando las joyas mostradas por Robert y atendiendo a los clientes.

Cuando los clientes se hubieron ido, Wong se voltea hacia los dos hombres y les dice:

"Déjenme observar nuevamente las gemas, debo saber de qué calidad estamos hablando aquí."–

El tiempo parece pasar lentamente para Dan y Rob mientras Wong mira y estudia las piedras.

Wong termina el estudio y les pregunta: "De cuanto estamos hablando? Cuanto piden ustedes por estas joyas?"–

Pero Dan presto contesta: "Cuanto cree usted que valen están joyas? Cuanto nos daría por ellas?"–

Entran en las negociaciones, lentas pero avanzan, luego de algunos minutos que mas parecen horas legan a un acuerdo.

Ya saliendo Robert se voltea y pregunta: "Señor Wong además estamos buscando trabajo, saben donde podríamos encontrar empleo?"-

'Tal vez en Macau?'– Responde el dueño de la tienda: "Busquen en Macau allí les será mas fácil."–

Caminan los dos hacia el ferri, Hong Kong – Macau, les tomo cuarenta y cinco minutos llegar allí.

CAPÍTULO 14

Ya es de noche en Macau. Joanna está detrás del mostrador del casino, donde hay una cantidad de gente impresionante, todos con una bebida en la mano.

Las personas llenan las mesas de juego, se escucha mucho alboroto, risas y voces en alto, la gente parece feliz y entretenida.

Dan y Robert se sientan en la barra, justo en la mira de Joanna, sin llamarla pero para que ella se de cuenta de que están ahí.

Joanna los ve, pero no se les puede acercar, está demasiado ocupada con las bebidas de todos los clientes que llegaron antes que ellos, pero les hace una señal para que sepan que ya los vio.

Robert pide una bebida también en el mostrador.

Se le nota tímido, como si la presencia de Joanna lo intimidara: "Podria tener dos vasos de limonada por favor?"–

Joanna lo mira perpleja: "Wally no te apetecería algo mas fuerte? Tal vez un vodka o algo así?"–

"No gracias! No soy bebedor, no tomo alcohol realmente – Joanna le vuelve a echar una mirada perpleja pero saca la bebida y les sirve a los hombres.

De manera lenta le sirve a uno, luego al otro.

Mira a Wally y lo hace con una mirada coqueta que no deja lugar a dudas de sus intenciones.

Los hombres agradecen con una sonrisa.

Joanna saca un paquete de cigarrillos y saca uno de la cajetilla. Lo prende lentamente y los mira de nuevo.

Ella pone una mano encima de la de Robert, y le dice: "Vamos un trago o dos te pondrá alegre no pasara nada, te lo aseguro."-

De pronto, Robert siente una sensación extraña, todo da vueltas a su alrededor, todo se ve como en una nebulosa…

CAPÍTULO 15

Robert está en sueño: es como una vez lo viajó hacia el pasado. Visto ahora: Robert está de vuelta en Estados Unidos. Después dejó la estación; y ahora está en su camino hacia la casa de campo de Eleanor.

Un fuerte rayo de sol le cegó para arriba hacia fuera con un resplandor brevemente; y cubre los ojos con una mano...

Robert camina lentamente, los copos de nieve van cayendo sin darse cuenta mientras el camina a lo largo del - Valle Bajo.

Antes de ahora Robert está cruzando callejón muy pocos km. A continuación hace una parada, mira a su alrededor; mientras exhala en el rocío. Los lugares están floreciendo. Arriba en el valle bajo y alrededor de capas observadas, mientras que aún están cubriendo con la nieve esponjosa...

"He venido en esta casita. Nora me esperan en casa. Porque me duele estar separada de ella! He esperado mucho para ella!'-

Nora tienes que venir conmigo, tienes que reunirte conmigo:

"Quiero que sepas como ha sucedido todo, no quiero que creas lo que otros te dicen de mi."- Sigue con voz alterada: "Por favor ven conmigo, yo te puedo dar todo, no me abandones Nora por favor. Eleanor, dónde estás?"- Robert recuerda aquí, de lo que vienen a su mente...

Robert ve interrumpido su sueño, si se puede decir sueno o mejor pesadilla. Están en la casa de Joanna.

Robert se levanta y se ve acostado al lado de Joanna, en la misma cama.

No se acuerda que ha pasado y se siente burlado, engañado. Que ha pasado?

Son las cuatro de la mañana, el reloj de pared de la casa suena de manera clara y aterradora para el Rob.

Aquí en realidad vio cómo la luna se desvanece. Todavía un resplandor de las cataratas en abuelo del vidrio de reloj que, de ser escuchado con flequillo, y ha mostrado tiempo: 4.30 de la mañana.

De pronto suena el teléfono, el ruido lo hace saltar de la cama asustado, después se acuerda que nadie lo podría llamar a él, el no tiene nadie que lo podría llamar.

Joanna contesta y Robert la escucha hablar en un perfecto cantones: "Si quien habla? Si soy Joanna"– Joanna sigue en el teléfono: "Quien? Ahhh Hau!"– Se escucha un silencio, es Joanna que escucha lo que el hombre al lado de la otra línea dice. Joanna se voltea hacia Robert y le pregunta: "Sabes tocar algún instrumento?"–

Robert aun confuso con la pregunta y la llamada responde: "Sui, se tocar la guitarra muy bien."- Joanna sonríe y le dice:
'Que tal una audición en vivo para demuestres tus habilidades? Espero que no seas tímido Wally!'-

Joanna sigue hablando con el hombre por el teléfono: "Entonces el debe presentarse lo antes posible para este trabajo? Vale no hay problema déjame anotar la dirección y los demás detalles, un segundo."-

Voltea buscando un papel y un lapicero donde anotar todo lo que el hombre le va dictando.

Robert la escucha colgar y mientras va buscando su ropa y sus cosas, Joanna lo sigue con la mirada como esperando que el pregunte lo que tiene que preguntar.

Robert sigue buscando algo que no encuentra: "Que estas buscando Wally?"- pregunta Joanna.

Robert sigue sin prestarle atención, sigue buscando, ignorándola totalmente.

Joanna empieza a molestarse mientras le pregunta:

"Donde vas? Que estas buscando?"-

"Te acabo de escuchar que me han llamado para un trabajo?"- Responde Robert aun sin mirarla:

"Bueno pues eso es exactamente lo que hago, me estoy alistando para la entrevista."-

"Crees que haya alguna vacante para mi amigo Dan también?"
– Prosigue Robert –

Joanna ahora si que esta enfadada: "Entonces realmente quieres irte ahorita? Es casi de día no es cierto?"-

Responde Robert: "Bueno no conozco mucho la ciudad de Macau, me llevara tiempo encontrar la dirección que te han dado."-

Robert camina hacia la puerta y recién ahí voltea a mirar a la chica: "Gracias por todo Joanna, ahora adiós!"–

Joanna furiosa solo atina a preguntar:

"Quien es Nora? Quien es esa mujer por la que han preguntado toda la noche?"-

Robert no le responde sale de la casa ya sin mirar. Joanna vuelve a la cama...

CAPÍTULO 16

Robert, ahora llamado Wally, ahora trabaja en el casino de Macau.

Robert trabaja de noche en el casino, se le ve llegando, bien compuesto y derechito y se dirige al salón principal de juegos.

Luego ya entrada la noche, en el salón principal se ven hombres de terno, elegantes y que tienen puesto el ojo en una mujer vestida muy a la moda y muy alegre y vivaz.

No muy lejos, entre la multitud, se ve a Dan, jugando a la ruleta rusa muy concentrado.

Robert – Wally lo ve y se acerca, de una manera muy callada le dice algo al oído, pero se nota por la expresión de Dan que ha sido de vital importancia.

Wally inclina él cuerpo hacia abajo como mirando una etiqueta en su ropa, y le dice: 'Yo no sabía Dan que te gustaban los juegos de azar! Bueno, a veces me gustan…'-
Ponga mis apuestas en el numero dieciocho.

Luego, el once rojo. Después que me voy nuevamente al negro y así voy cambiando.

Dan se levanta, sonríe a Robert tímidamente, y sale del cuarto de apuestas.

Robert mira a Dan, y se da cuenta que ya se va porque ha ganado mucho dinero ese día.
Dan va al cajero ha ganar todo lo ganado el día de hoy.

Robert decidido se dirige nuevamente Dan preguntándole: "Fue fácil? Ganaste fácil?"- Pregunta Robert– Wally Nada es fácil

– sonríe Dan: 'Pero nunca nadie ha dicho que la vida y va a ser fácil – sonríe'-

Dan cobra el dinero ganado y se dirige a las maquinitas de juego, cree haber visto una maquina ganadora así que hacia ahí va. Dan se siente con muchísima suerte el dia de hoy.

CAPÍTULO 17

Han pasado un par de días. Este es el día libre de Robert y el lo piensa utilizar para realizar una excursión al centro de la ciudad de Macau.

Dan y Robert se sientan en un triciclo, esto tan comunes en esta ciudad.

De la nada en el camino aparece un auto 'Mercedes'. Este auto se para cerca de este dúo está de pie. Al ver que el la puerta del coche se abre desde adentro, se baja Swift, a fumar un cigarro.

Este es el mismo hombre con el que se ha reunido Dan en la mañana.

Swiff sin ningún preámbulo se acerca a Dan y Robert como queriéndoles hablar.

Rob Swiff parece ser un hombre arrogante. Se acerca al coche y les dice:

"Nosotros nos acabamos de conocer cierto?"– Dice dirigiéndose a Dan.

Robert se siente intimidado y molesto, no le gusta este hombre.

Swiff continua diciendo: "Como me dijiste que te llamabas la última vez que nos conocimos? Lo he olvidado totalmente."

"Wally Miser. Mi nombre es Wally Miser!"– Contesta Robert tranquilo.

"Wally? Wally Miser? Es este tu verdadero nombre?"–

Con el mismo tono arrogante de antes continua Swiff – Yo tengo contacto con el FBI y tú te pareces mucho a un tal Robert Lipinski?"– Robert se queda pálido.

Pero Swiff continúa sin darle importancia al cambio en la cara de Robert: "Si tu eres el hombre que están buscando hay que tener cuidado porque están buscándolo por aquí también.– Pero si no lo eres deberías ir y hablar con la policía para que no te vayan a estar fastidiando."–

Swiff sigue hincando: "Que te parece si los llamo ahora y así queda el asunto zanjado? Pero que pasa Robert porque te has puesto pálido?"-

Robert siente la lengua totalmente trabada, la sangre parece haber desaparecido de su rostro.

La charla se vuelve tensa y Robert responde:-Sí! Usted me ha descubierto! ¡Soy yo! ¿Y qué?- Robert se da la vuelta, sigue nervioso, y prolongado.

'Que es lo que quiere Señor Swiff? Que se trae en manos?'-

'No sé, tal vez usted quiere hacer un escándalo aquí?'-

Swift se echó a reír: "Usted esta equivocado! Absolutamente no, no tengo esa intención, mi joven amigo, en lugar de eso yo tengo grandes planes para usted, usted y yo seremos grande juntos!"- Robert-Wally se sigue sintiendo incómodo: "Entonces, ¿qué es lo que quiere de mi?"-

"Si tú deseas que yo siga callado Wally, yo necesito que me hagas un pequeño favor. Muy pequeño realmente."–

Ahora Robert-Wally se siente perdido, se cruzan las miradas, y actúa sin responder. Cuando él comienza a tartamudear: 'Qué clase de favor es el que tiene en mente para mi?'-

Swift aspira aire tranquilo; el siente que es superior a Robert y así lo hace sentir con su actitud arrogante; y habla suavemente, pronunciando cada palabra de manera clara:

"Vamos a ver, Yo necesito que m traigan un cofre de joyas. Y además unos lingotes de oro que están dentro del Casino, el mismo casino donde tu trabajas. Asi que no creo que sea muy difícil para ti, cierto?"-

Robert mira con rabia y al mismo tiempo desmoralizado a Swiff: "Quien diablos te ha dicho que yo soy un ladrón. Quien miércoles te ha dicho eso?"–

'Jajajaja!'– Rie Swiff – dejando totalmente perplejo a Robert.

'Has escuchado alguna vez de alguien llamado Ciclope?' Hahahaha – sigue con ese tono mordaz Swiff y feliz de ver la cara de espanto de Robert.

Robert esta apunto de contestarle algo par acallarlo.

Pero Swift lo detiene; es totalmente irónico: "Es un experto en ese tipo de habilidad, no sería tan difícil?"-

Ron fuma su cigarro, lo expulsa fabricando aros en el aire como si fuera un experto en el tema.

Ambas partes están en silencio, un silencio que se podría romper con una navaja si quisiéramos: "Entonces, ¿qué va a ser, Wally? Di que sí, que te comprometes a hacer el trabajito para mi?"-

CAPÍTULO 18

El tiempo en Macao sigue el calendario, y es hora de las tinieblas. El cielo está lleno de estrellas fugaces, mientras que se siente caliente debido al clima tropical.

Ya en la oscuridad, Robert y Dan están en un coche oscuro que han rentado en la mañana, se estacionan frente al casino de Macau.

Dan le comenta a Robert ahora que han bajado del auto: "Robert ahora que lo pienso bien, Swiff sabía muy bien que tu trabajabas de noche. Como lo sabía?"–

Los dos se miran una vez mas y sienten ese escalofrió en el cuerpo al darse cuenta de que todo este tiempo han sido espiados.

De pronto en medio de la oscuridad, dos guardaespaldas de Swiff aparecen de la nada: "De que están hablando?

'Que murmullan entre ustedes?"– Cogidos por sorpresa, Robert atina a contestar: "Wow era justo de lo que estábamos hablando! Estamos siendo espiados por los hombres del Señor Swiff!"–

Los dos hombres respiran fuerte, toman aliento mientras piensan: Dan prosigue: "Todo este tiempo, desde que hemos llegado el señor Swiff nos ha estado siguiendo?"-

Robert asiente con la cabeza mientras responde: "Si, es cierto, me gustaría saber si trabaja solo o si es el y alguien mas. Todo esto está planeado desde hace mucho tiempo."-

Un tiempo después, Robert se decide a entra a la sala de juegos del casino, en donde hace un repaso de todos los jugadores empedernidos que están esa noche ahí.

Robert pasa delante de los guardias de seguridad, pero cuando ya iba a entra al área permitida solo para empleados, se da cuenta que ha olvidado su llave de ingreso: "Oh no, me olvide la llave y mi tarjeta! Oh Dios voy a perder mi turno!"– Se voltea al guardia y le dice: "Por favor préstame tu tarjeta sino perderé mi turno y eso sería un desastre para mí."-

El guardia de seguridad no esta tan seguro de que deba prestarle la tarjeta a Robert: "Mira Wally no se, yo creo que eso esta prohibido?"–

'Anda hombre!'– Responde Robert – Wally: "Me vas a meter en un problema si no me ayudas. Mira es solo por esta vez, vale?"–

El guardia piensa y a regañadientes le da la tarjeta.

Wally tiene el cielo en sus manos ahora, con la tarjeta del guardia tiene acceso a todos los lugares secretos del casino.

Wally entra y se hace pasar como uno de los jefes, al menos esa es la actitud que tiene en frente de los otros guardias que va pasando a la hora que va entrando a todos los lugares del casino, a todos aquellos lugares que nadie mas que unos privilegiados tiene acceso.

"Como le va señor? Le gusta Macau? O simplemente le dan mas sexo que otras mujeres?"-

Wally sonríe: 'Bueno yo soy como Confucio: Miro y escucho, luego olvido!'– Robert sigue caminando con mucha soltura y seguridad, se acerca a una de las puertas de la entrada y sin dudarlo ni un segundo pasa la tarjeta por la seguridad. Dan esta realmente muy nervioso pero confía en la seguridad que se ve en Robert Wally.

Robert se muestra tenso en un momento: 'Si las cámaras de seguridad se percatan que no es mi tarjeta, estaré metido en un grave problema!'–

De pronto, una urraca a surcado el cielo, haciendo un ruido increíble, como avisando, como advirtiendo…

Dan mira a Robert asustado, y le dice: 'Apúrate Robert, apúrate es ahora o nunca, no pierdas el tiempo, es nuestra oportunidad.'–

Robert le señala con la cabeza un cerrojo magnético que hay en la puerta a Dan, como diciéndole: "Lo rompemos de una vez si o no?"–

La tarjeta no funciona en ese momento, es como si se hubiera bloqueado, pero Robert pensando rápido mira al cielo y le dice a Gale: "Vamos sígueme, y tu también Dan, síganme los dos!"-

Robert tiene la mirada sombría pero enfocada: "Como podemos romper esta cerradura? Es magnética! Como podremos sortearla?"–

Una vez mas, y con mas cuidado, Robert pasa la tarjeta del guardia por la ranura de seguridad, lo hace lentamente como si rezara al hacerlo y de pronto luz verde! La cerradura se abre y yap!

Logran entrar...donde? Al salón principal de seguridad! Es ahí donde querían llegar y es ahí donde Dan y Robert han llegado!

Están dentro del salón de seguridad, lleno de cámaras y botones, donde todo funciona a la perfección y se ven todos los salones del casino totalmente monitoreados.

No hay luz además de los monitores de seguridad, pero Robert con una linterna grande alumbra el cuarto y puede ver mas allá otro cuarto – bóveda llena de joyas y cosas brillosas.

Robert se acerca a la bóveda, esta con guantes para no dejar huellas y además tiene la cabeza cubierta, siempre muy precavido por si alguna cámara lo está grabando.

En la entrada de la bóveda se da cuenta que la puerta tiene una clave, y además cada caja de seguridad tiene otra clave interna, esto se está tomando mas peligroso y difícil de lo que el había pensado.

Luego de un minuto que a Robert le parece una vida, el sigue buscando las claves para poder abrir esas bóvedas. Es imposible sin esas claves no podrá entrar nunca, tiene que pensar en otra salida. La puerta es muy pesada para intentar abrirla, debe pensar en algo mucho más creativo si quiere entrar.

Dan esta junto a el y murmura: "Estoy atónito por la cantidad de joyas que hay aquí! Como un solo lugar puede tener tantos tesoros?"–

Robert lo mira y le sonríe: "Si es increíble, voy a intentar una vez mas con una clave! Pero siento una sensación rara, como de una emboscada! Debo estar alerta, debemos estar alerta Dan!"–

Sin perder mucho tiempo Robert empezó a pasar la tarjeta una vez mas por la ranura y de pronto: 'Se abrió!'- 'Lo logre!'– estalla en la alegría Robert, aunque lo hace murmurando para no delatarse.

Primero Robert tiene acceso a las joyas, esas joyas que resplandecen en sus manos, luego tiene acceso al dinero en efectivo. Está en la moneda de Macao, Patacas, se llama.

Robert estima que deben ser alrededor de 2 millones de dólares americanos. Finalmente en un saco oscuro encuentra lo que esta buscando: los lingotes de oro!!

Robert pone toda la mercancía, las joyas, el dinero en efectivo y los lingotes de oro todo en su propio saco y lo cierra.

Robert y Dan están por salir, son cautelosos mientras salen, no le dan la cara nunca a la cámara siempre de espaldas, saben que eso podría ser su tumba si alguien los descubre.

Siguen saliendo y llegan como fantasmas sin ser vistos al estacionamiento.

Los dos siguen evitando a todo momento las cámaras son muy consientes de que un minuto de descuido les podría costar el resto de su vida.

Robert y Dan logran salir, conducen como locos a una velocidad como si los llevara el diablo.

Dan se pone nervioso y le grita a Robert:

"Que estas haciendo hombre! No vayas tan rápido nos vas a matar y además vas a romper los frenos de este coche, no es nuestro es alquila acuérdate!'—

Robert se rie y lo mira de manera burlona: "Vamos amigo relájate. Ya hemos logrado salir, con vida y con todo el dinero a cuestas!"-

Dan lo mira relajándose un poco y replica: "Vaya amigo tu debes tener alguien que reza por ti todas las noches!"—

Robert mantiene un ojo en el camino y el otro en Dan: "Y por que están tan tenso? No estas feliz? Hemos logrado lo que queríamos y mas, vamos a llevarnos el 50 por ciento de esta ganancia!"–

Dan aun no muy seguro asiente con la cabeza y le dice: "Si seguro, ha sido un buen trato Robert?"– Pero Dan continua cambiando el tono de voz y al mismo tiempo el ánimo:

"Y que va a hacer de nosotros ahora, Robert? Swiff nos va a 'seguir chantajeando una y otra vez más. Si no tenemos un buen plan para escaparnos de sus garras estaremos presos de el de por vida!"– Robert lo mira, y dentro de si sabe que lo que dice Dan es cierto.

CAPÍTULO 19

Esa noche, luego de conducir un largo trecho, Dan y Robert llegan a su casa y suben presurosos a sus recamaras.

Gale escucha pasos familiares y de pronto abre losojos y se despierta del todo. Vuela de frente y se posa en la rama de un árbol, mirándolo todo como solo Gale sabe hacerlo.

Robert deja entrar a Gale nuevamente a la cas ay entusiasmado le dice:

"Vamos Gale, lo hemos logrado amigo, hemos logrado 'dar el golpe una vez mas! Somos invencibles?"– Prosigue Robert: "Nos merecemos una comida deliciosa como premio a nuestro esfuerzo. Pero eso será mañana el dia de hoy estoy agotado, nos merecemos un descanso!"–

Robert da vueltas por el cuarto, como buscando algo, pero realmente lo que está buscando es un buen lugar para esconder el botín y que nadie lo encuentre. No quiere desagradables sorpresas con todo el susto y el trabajo que han pasado.

Gale le habla en sus graznidos: "Karrr – Karrr – Karrr!"-

Robert sigue mirando alrededor no está muy convencido de poder esconder tamaño saco y que pase desapercibido.

CAPÍTULO 20

E s una hermosa mañana en Macao.

Robert ha llegó en un taxi y desembarcó.

Lleva las maletas, cuando está caminando a través de la Marina y entrando en la terminal de barcos. Robert se detiene para mirar con cautela. Sobre el terreno, está comenzado a buscar una caja de metal dirigida...

Robert entra al terminal del barcos. Se detiene por un momento y es cauteloso mirando alrededor.

Segundos después, Robert es seguido por Dan, que lleva una maleta pesada.

Se ve llegando un primer ferri al terminal, con muchos pasajeros a bordo.

Dan esta nervioso: "Me dijeron que todo iba a salir vale, tod iba a salir muy bien."–

Robert esta medio dormido, se siente con mucho sueno pero aun así le responde: "Bueno Dan yo te creo, si tu piensas que todo saldrá bien yo te creo amigo!"–

El ánimo de Dan está al borde: "Claro que si Robert! Todo va a salir súper bien, lograremos hacer un negocio tremendo con esos lingotes de oro, aun no puedo creer lo que vamos a hacer!"–

Mientras, en la oscuridad de la neblina, dos hombres cruzan por el ferri…

Robert ha llegado al otro extremo del terminal de ferri cuando ya el sol se había escondido del todo.

Robert camina directo a unas puertas corredizas que se abren ante el movimiento. Entra y busca unos cajones de seguridad que tienen clave.

Mira a su alrededor y encuentra lo que estaba buscando.

Marca la clave que ya le habían dado y la caja de seguridad se abre.

Robert deja el paquete que tenia, cierra la caja una vez mas y marca un número de teléfono desde su celular: "Alo, es el señor Swiff por favor?"–

Hay un periodo incomodo de silencio, pero luego se escucha la voz de Swiff aun medio dormido: "Quien llama? Quién es?"-

Robert mira su teléfono con vuela y en tono sarcástico responde: "Señor Swiff, soy Wally se acuerda de mi? Nos hemos conocido hace poco!"–

Swiff responde en el mismo tono: "Oye, Wally, claro debo llamarte por tu sobrenombre cierto? Cuéntame como van los negocios que tenemos en común?"-

Robert le contesta con tono calmado:

"Todo super bien, andamos muy tranquilos y contentos aquí con mi amigo."–

Se escucha la respiración de Swiff al otro lado de la línea, se le nota ansioso y algo desesperado también, impaciente seria la palabra correcta.

"Por Dios! Habla hombre – ya no puede aguantar Swiff – me tienes en un hilo, Como les ha ido? Lograron loque habíamos acordado?"–

Robert contesta despacio – bueno ayer como todo el día tuve mi turno de noche. Todo salió como siempre con mucha calma y como lo habíamos esperado.

Robert toma aliento y toma fuerza para hablar: "Algo si le tengo que decir señor Swiff, ahora tengo yo el control, tengo yo el dinero y los lingotes, asi que haremos las cosas a mi manera!"–

Se escucha un fuerte golpe al otro lado de la línea: "Que te has creído Wally? Tenemos un trato y tu tienes que cumplir con ese trato, sino te vas a meter en un problema muy pero muy gordo."–

La línea queda muda, los dos hombres resoplan antes de hablar, pero cada uno piensa muy pero muy bien lo que va a decir, finalmente Swiff decidido hablar primero:

"Mira Lipinski, escucha muy bien lo que te digo, si tu actitud sigue así voy a llamar a la Interpol, una sola llamada puede arruinar tu vida!"–

Robert no se amedranta, y con tono firme y seguro replica: "Mire Señor Swiff, a mi no me venga con amenazas; así como escape una vez puedo escapar miles de veces mas. Si yo siento que alguien me sigue o lo presiento, en ese mismo momento desaparezco, y ahí si seria aun problema gordo para usted porque desaparezco con el dinero y los lingotes de oro y no me vuelve a ver en su vida."

Swiff esta helado en la línea, no sabe que contestar pero hirve por dentro.

Robert prosigue: "Mira Ron, yo he cubierto todos mis pasos en este asunto, mi idea es continuar trabajando en el casino y seguir el trato con usted, pero será un trato con mis condiciones."–

Swiff no puede seguir callado y amenaza a Robert: 'Mira Robert te aseguro que yo te busco y te encuentro hasta en el inferno, tu no eres mas que un ladrón de pacotilla!'– Robert sonríe y replica: "Si claro Ronald MacDonald! Lo que tu digas!"–

Robert prosigue: "Mira Ron Swiff, es mejor que te calmes, y me dejes a mí liderar esta situación. Piensa que te conviene mas si meterme en la cárcel o recuperar lo que quieres!"–

Swiff lo interrumpe: "Esta bien Robert, como tu dices hay que tener cuidado, si deseo hacer el trato pero será mejor que no nos vean juntos un tiempo."–

Sigue en tono fuerte: "No intentes estafarme, eso si te lo digo!"-

Robert cuelga el teléfono y al viento, aun en la estación del ferri grita: 'Atrápame si puedes!- Y rompe a reir!'–

Capítulo 21

Robert llega a pie a la tienda de autos. Se pone a mirar todos los vehículos que están aparcados pensando cual escogerá para el.

De un momento a otro aparece un taxi que se detiene justo junto a el.

Es Dan que aparece con una bolsa de plástico con unas cervezas heladas a dentro.

Poco tiempo después los dos amigos están celebrando dentro del auto que Robert acaba de comprar.

Los dos están contentos, escuchando música y pensando que hasta ahora han salidos bien librados de todo mal.

Dan entonces le dice a Robert: "Lo hemos logrado ¡Hasta ahora hemos dado en el blanco en todo!"–

Robert esta algo mareado, está feliz mientras hablar: "Si lo hemos logrado, hemos logrado conseguir el dinero fácil y rápido. Somos unos genios, somos imparables amigo!"-

Dan asiente feliz y le dice: "Si amigo, pero ahora lo que necesitas es una nueva identificación y una nueva visa. Que no te agarren desprevenido, eso es lo que peor que nos podría pasar."–

CAPÍTULO 22

Ya amaneció en la ciudad de Macao, el sol brilla con fuerza en la cabeza de dan y Robert cuando ellos salen de la agencia de viajes.

Están felices, Robert le dice a Dan: "No pensé que iba a ser tan complicado conseguir una nueva identificación, pero bueno ya esta listo, de ahora en adelante llámame, Kent!" -

Robert y Dan están ya subidos en el coche, avanzan rápido para pasar la frontera a la otra ciudad, están ya por llegar a Zhuhai, y están contentos de poder hacerlo.

En un momento al pasar por el punto los guardias de seguridad los paran para una inspección.

Robert reza por dentro para que no encuentren el dinero escondido en el auto.

Dan esta en pánico total, solo le susurra a Robert:

'Estemos tranquilos, que no nos noten nerviosos sino estamos hechos amigo!' –

Robert asienta con la cabeza y le responde: 'Si es lo único que nos queda, tranquilos nomas.' –

Ha pasado un rato largo, ellos siguen en la línea esperando la inspección, la espera de coches larga, parece que todo el mundo decidió pasar hoy por ese punto.

Finalmente es su turno, los oficiales de seguridad están a punto de entrevistarlos. La idea de ellos es pasar el punto de Gonbei y lograr llegar hasta la ciudad de Zhuhai en China.

Un oficial de seguridad se dirige a Robert en cantones: - Señor Kent cual es el proposito de visita y porque desea cruzar hasta Zhuhai? –

Robert calmado y en un perfecto cantones le responde: "Nuestro propósito es estrictamente de negocios, 'venimos a ver negocios a la ciudad."–

Un segundo oficial ingresa a la conversación: "Nosotros tenemos aranceles diferentes cuando el tema es de negocios y no turismo. Aquí tengo la cartilla, pero esta escrita totalmente en chino."-

Robert, llamado ahora Kent, le responde al segundo oficial:

"El señor que está conmigo es mi socio, el habla perfectamente chino y el podrá traducirme cualquier documentación importante."-

El segundo oficial los mira con detenimiento y luego hace lo mismo con sus pasaportes y sus visas.

Luego y como ya sabían que debía ser, hay un cambio de dinero de las manos de Kent a los dos oficiales. Asunto zanjado.

Capítulo 23

La vista es de un hermoso amanecer en la parte continental de China, en Shenzhen. Incluso el clima se siente frío y con niebla, pero se ve el cielo soleado y azul.

Ahora y Robert allí está bajo un nombre falso Kent que, por cortesía, inclina su cabeza.

El día amanece en Chenzhen, un día precioso con un sol radiante, Robert, que ahora se hace llamar Kent, nombre que por cierto le gusta mucho, inclina la cabeza hacia abajo como mirando el piso, pero con una sonrisa socarrona.

Robert–Kent ha ido a entrevistarse con un hombre de negocios muy conocido, Thong Wa, el está encargado de una gran producción de botes de madera, un gran negocio en esa ciudad: "Buenos días señor Thong Wa, aquí habíamos acordado aquí está mi parte de la inversión para empezar la producción de botes juntos."-

Robert le entrega el dinero a Thong Wa, que sonríe satisfecho cuando lo recibe.

Robert esta contento, porque además ha conseguido un puesto en la misma empresa, puesto ofrecido por Thong Wa por supuesto.

Robert se siente fascinado con esa producción de botes, le parece increíble como de la madera se pueden crear esos fanáticos botes, está contento de poder trabajar allí, se siente afortunado.

CAPÍTULO 24

Ha pasado ya un año desde que Robert y Dan son fugitivos, y aunque están tranquilos no hay un día que pase sin que Robert sueñe con volver a estados Unidos.

No le importa que Ciclope este ahí, no le interesa ese desgraciado de Martin que le arruino la vida, el sueña con volver a ver a Nora.

Robert sigue en la ciudad de Chenzhen, esta haciendo carrera con el señor Thong Wa, le gusta lo que hace, lo disfruta mucho.

Cierto día llega Dan a la fabrica, que está junto a la estación del barco.

Los hombres de la fabrica están en la hora de almuerzo, dándose un festín con las deliciosas comidas chinas que sus mujeres les han mandado.

Dan le da una palmada amigable en el brazo a Robert:

"Como has estado amigo? Hace algún tiempo que nos hemos perdido el rastro! Todo bien contigo?"–

"Si!"– Responde Robert: "Todo bien, sigo aquí con este trabajo de la madera, me gusta mucho y me entretiene.'-

'Totalmente sorprendido Robert!'– Responde Dan: "No sabía que tenias esas habilidades con la madera, jamás se me ocurrió que te gustaría el trabajo manual!– Bien por ti"-

Robert sonríe: 'Bueno mi amigo ahora ya lo sabes!'– Prosigue: "Estamos en plena producción de botes con motivo de festival del bote del dragón!"-

Robert de pronto cambia el semblante: "Todo está bien, pero extraño mucho a mi familia, extraño a mi madre a mi hermana, pero sobretodo extraño demasiado a Nora."–

Dan lo mira con pena, sabe lo que se siente estar lejos, sabe la nostalgia que a uno lo embarga: "Y porque no les da una llamada? Una simple llamada puede cambiar tu estado de ánimo."-

Robert lo mira y de pronto vienen a su mente recuerdos de su casa, de su infancia de su madre, antes de que hubieran los problemas, antes de que su vida empezara a ir cuesta abajo.

Esa noche Robert sin pensarlo marca desde su teléfono móvil el número de su casa.

Timbra varias veces antes de que se escuche una voz de mujer: "Roselyn al habla, quien es?"–

Robert respira profundo, se ha quedado mudo por un segundo pero luego responde: "Hola mama! Soy yo!" –

Un silencio les impide seguir hablando, ninguno de los dos puede articular palabra. Roselyn luego con la voz entrecortada por el llanto dice: "Eres tu mi hijo? Robby corazón eres tú?"-

Robert sonríe con dulzura cuando responde: "Si mama soy yo Robby, estoy vivo. Extrañaba tanto escuchar tu voz!"-

Roselyn ríe ahora de felicidad: "Robby hijo mío estas vivo! Cuando vendrás a casa! Te extrañamos mucho! Estas bien? Donde has estado todo este tiempo?"– Pero de pronto se acuerda y dice:

'Oh no me había olvidado la policía aun te busca, no puedes regresar. no aun hijo, sería muy peligroso para ti."–

Robert está de acuerdo con su madre: mama no puedo ir, es cierto, si doy un pie en estados Unidos ellos me meterán preso de seguro.–

CAPÍTULO 25

Esa misma mañana, en las oficinas de la Interpol en estados Unidos, está el Inspector Colubrine sentado en su escritorio y hablando airadamente por teléfono con alguien: "Que? Estas seguro de lo que estás diciendo? Completamente seguro?"–

Termina la conversación y tira su silla a un extremo!

Al ver esta escena, Martin se acerca a la oficina del inspector y abriendo la puerta le dice: "Puedo pasar?"–

Columbrine levanta las cejas sorprendido pero le dice: "Si claro pasa. – Que sucede McDermontt? Que necesitas?"–

Martin esta emocionado cuando habla, casi ni se sienta:

"Inspector no va a creer lo que tengo que contarle! Ayer se han interceptado unas llamadas de teléfono de la casa de los Lipinski!"-

"Y que es lo tan importante en esas llamadas, Martin?"– Contesta el inspector sin mucho entusiasmo.

Martin prosigue: 'Es que no le da curiosidad quien ha hecho esas llamas?'-

El inspector Colubrine responde con sorna: "Habrá sido un fantasma?"-'Exactamente!'- Responde Martin: "Un fantasma llamado, Robert! Este desgraciado esta vivo, esta vivo y quería 'hacernos creer que estaba muerto! Pero nooo lo vamos agarrar!"–

Columbrine se para nuevamente de su silla: "Estás seguro de que es Robert? Esta completamente seguro de que no es una pista falsa esta vez? Es imposible que hayan podido sobrevivir de esa explosión!"–

En la llamada le decía a su madre que hablara con Nora, que necesitaba que Nora viaje a Hong Kong para darle el encuentro!"– prosigue Martin.

Columbrine no puede mas de la emoción, coge el teléfono y llama al capitán: "Capitán aquí Columbrine al hablar. Tenemos pistas solidas para afirmar que un fugitivo se encuentra en Hong Kong. Necesitamos los recursos para mandar una cuadrilla de hombres a Hong Kong y poder apresarlo."-

Colubrine con una sonrisa de triunfo cuelga el teléfono y comunica por el teléfono interno: "Prepárate, a su equipo, salimos a Hong Kong hoy mismo."–

Luego se voltea y mira a Martin totalmente complacido:

"Bien trabajo Martin! Empaca tus cosas porque salimos hoy mismo a Hong Kong a atrapar a ese maldito!"–

CAPÍTULO 26

En Hong Kong se escucha el canto del gallo en un edificio por departamentos, donde el ruido de las bañeras se escucha sobretodo ruido: ¡se está salpicando el agua!

Aunque la niebla cubra las puertas de vidrio de la bañera, se puede apreciar las siluetas de Robert y Eleonor besándose.

Luego de unos momentos Nora sale de la bañera y Robert también.

Nora se pone una bata muy cómoda y camina hacías la sala de estar del apartamento.

Robert la ve y la atrae hacia el, ella esta feliz de sentirlo nuevamente junto a ella.

Ella está feliz y el esta tan feliz como ella, no pueden creer aun que estén disfrutando de ese momento que creían tan lejano ya.

Se miran embelesados el uno al otro, buscando grabar con la mirada cada gesto: 'Robert, amor, aun no me lo creo. Pensé que este momento no llegaría, de verdad pensé que no habías podido sobrevivir a este accidente?'–

Empieza a hablar Nora con un tono bajo y sencillo. Robert también le dice: "Si pensé que no iba a verte nunca mas, me parece un sueño hecho realidad Nora?"–

Le dice mientras le besa la mano con dulzura.

Un minuto mas tarde Robert prosigue – No quiero preocuparte justo ahora Nora, pero temo que hemos de huir de nuevo.-

Nora lo interrumpe con un gesto pero el no lo permite: 'Amor, tienes que hacer lo que yo te diga. Anda al banco, abre una cuenta a tu nombre, después nos reuniremos nuevamente, lo prometo.'-

CAPÍTULO 27

Cae la noche en la ciudad de Hong Kong.

Eleonor y Robert están sentados en un restaurante, y parecen lo que son, un par de enamorados disfrutando de ese momento de amor.

Nora lleva piezas elegantes, en su dedo izquierdo un anillo de oro.

Robert viste con clase, con ayuda de Nora se ha puesto un reloj de pulsera de oro.

Este par se mira uno al otro a los ojos y reflejan lo enamorados que están.

Un camarero se acerca y reconoce a Robert: "Señor Kent mucho gusto, que le sirvo el día de hoy?"–

Robert con soltura le dice: "Si hoy estamos alegres. Queremos caviar y champagne por favor!"-

Nora lo mira sorprendida cuando el camarero desaparece: "Robert yo conozco a ese hombre! Ese es tu amigo Dan, no e cierto?"–

Robert – Kent le tapa la boca con una mano de manera suave: "Shhhhh! Nora no hables tan alto por favor!"–

Pero Nora aun tiene muchas preguntas en mente: "Robert, de donde tienes tanto dinero en efectivo? De donde has sacado tanto dinero?"-

Robert la mira con cariño pero algo preocupado:

'Vamos Nora, no hablemos de eso hoy, somos esposos, eres mi esposa y soy el hombre mas feliz del mundo, dejemos eso por ahora, si?'–

Nora lo mira con mucho amor, ella es una mujer enamorada que haría cualquier coda por proteger a su amado.

Realmente Nora ama mucho a Robert.

Robert que sucede si al final algo pasa, si alguien nos encuentra o se da cuenta de que estamos aquí en Hong Kong.

Me da mucho miedo perderte nuevamente, de verdad que no podría soportar perderte nuevamente. –

Robert la mira y le responde: "No, Nora! Nada va a pasar Dan y yo somos los hombres más cuidadosos del mundo, estamos siempre alertas para que nadie nos pueda sorprender."-

"Esas seguro de que no has pedido un crédito para tener todo ese dinero? Estas seguro que ninguno de esos tiburones 'cobradores va a venir a pedirme cuentas luego pro el dinero prestado? O peor aun va a quererte hacer daño para recuperar su dinero?"- Sigue Nora en un tono suave pero firme.

Robert se ríe de la ocurrencia: "Nora, amor de mi vida, tengo cara yo de ir andando por el mundo con dinero prestado? No por Dios, no te preocupes."–

PARTE III

CAPÍTULO 28

En los suburbios de Hong Kong es una noche cálida, donde encuentra taller subsidiario de Robert y visto sentado en la mesa, y hace un consumo.

Robert está trabajando en el taller cuando de pronto escucha es graznido de la urraca: "Karrr! Karrr!"-
De pronto la urraca aterriza en un alfeizar al costado de el.

Robert parece algo aturdido por tanto alboroto y no entiende lo que Gale trata de decirle: "Que quieres Gale? Qué pasa? Porque estas tan alterada?"–

Gale sigue revoloteando las alas, cada vez con mas fuerzas y como si quiera advertirle de algo a Robert.

Con el pico intenta sacarse del cuello la bolsita que lleva siempre.

Robert intenta interpretar los deseos de la urraca: 'Que pasa Gale? Deseas que te saque el bolsito? Es eso lo que quieres?'– Robert se inclina hacia Gale, todavía sin saber si eso es lo que realmente desea el pájaro, y es que Gale sigue moviendo las alas de forma frenética, Robert siente que algo está pasando, y que ese algo no es muy bueno.

Siente una sensación de escalofrio en el cuerpo.

CAPÍTULO 29

En Hong Kong es de día, es un día soleado además, que le da muchos ánimos a Nora, mientras camina a paso seguro hacia el banco.

Entra al banco con paso seguro, al menos eso parece, pero por adentro siente que se desmaya.

Lleva consigo un bolso de dinero y ruega a Dios que nadie la este siguiendo y que nadie la haya visto entrar.

Ese mismo día, en ese mismo momento, en el aeropuerto de Hong Kong, acaban de arribar un grupo de hombres todos con ternos oscuros…, son los hombres del inspector Colubrine.

Todos pasan los seguros del aeropuerto, tienen un caminar seguro y es martin el que va delante de ellos, llevando la batuta. 'Martin!'– Dice Colubrine: "Al fin llegamos. No perdamos tiempo y empezaos a buscar a estos 'dos fugitivos, no veo las horas de tenerlos al frente!"– Martin, al igual que los otros hombres del grupo asienten con una sonrisa malévola en el rostro.

Es casi de noche, cuando todos los hombres están reunidos en las oficinas de la Policía Federal.

Colubrine habla con un agente: "Entonces tienes algo para nosotros? Alguna pista nueva?"–

"No nada, no tenemos ninguna pista nueva!"– Responde el agente.

Colubrine parece alterarse: "Mierda! Como puede ser que no tengamos ninguna pista nueva sobre estos desgraciados!"–

Sigue: "Han buscado ya en los bancos? Han visto en todos los bancos de la ciudad?"–

Es ya de noche, tarde noche para ser exactos cuando uno de los agentes frente a la computadora dice: 'Inspector, creo que di con algo! Una mujer de nombre Nora Lipinski ha depositado un cheque el día de ayer.'-

Martin no puede creer en su buena suerte: "Puedes rastrear su dirección amigo?"-

CAPÍTULO 30

Ya entrada la noche se ve una línea de coches entrar al camino del taller de Robert.

Llegan los policías, y entran de sopetón al taller.

Quedan sorprendidos porque no encontraron nada. Todo esta vacio. No hay nadie en el lugar.

Al fondo se escucha una conmoción en el taller, los policías corren hacia el ruido intrigados por ver que el lo que sucede.

Dan está tratando de huir por una ventana y tras el los policías de las fuerzas chinas que intentan retenerlo.

Se escucha a los policías en perfecto cantones gritar: "Tras el, que no escape. Que este delincuente no escape!"–

Dan se enfrenta a los policías, se ve totalmente acorralado por ellos y empieza a tirar patadas y puñetes por doquier.

'Donde esta Lipinski, Dan?'– Se escucha en perfecto ingles: 'Donde esta ese maldito y su desgraciada esposa?'- Dan responde: "De que hablan? Quienes son ustedes y porque me atacan? Quien es ese Lipinski? Mi nombre es Tang Wah…"-

En el lugar Colubrine detiene a Dan, él esta sombrío, cuando habla: "No juegues con nosotros? Yeah Tang, mi culo! Yo se que tu y Lipinski son socios en muchos robos!"-

Dan logra darle un buen puñete de frente a uno de los oficiales y logra huir en ese momento.

El es muy rápido y ágil y así lo deja notar.

Colubrine grita desesperanzado: "No! Lo dejen escapar, muchachos! El es nuestra única pista hacia Lipinski, no lo dejen escapar carajo!" –

Dan sigue corriendo y se pierde en la noche. Colubrine no puede creerlo! Se le ha escapado nuevamente, esto es el colmo!"-

CAPÍTULO 31

Una visión es un amanecer rojo sangre en Hong Kong. ¿Exterior del taller, donde Robert fue empleado en, Sierra atisbo de luz, esto dio indicios de que alguien está dentro? Desde ninguna parte de cadena de los coches de policía condujo y llegan en taller filial Robert-Kent...

Hace un momento la policía una entrada en el taller; en deldestino que no encontrado, dado estaba vacío por dentro.

En una crítica Martin punto parece estar triste, cuando dijo: '¿Cómo es posible? ¿Dónde están? '-

En el lugar están oyendo ruidos, mientras uno está en movimiento. Ese equipo se ejecuta directamente en el lugar. Al medio día, Robert, Nora and Dan están yendo a una velocidad en un bote prestado por alguien.

En el siguiente cuarto entró en vista Dan, quien en una situación difícil ha intentado escapar de ellos, pero quedar atrapados en el enfrentamiento con la policía China y la Interpol.

Ahora el primer oficial grita en cantonés: 'Vamos, Dale, chicos!'-

Hace un minuto Dan está fuera de su profundidad, cuando tiene en un enfrentamiento con esa fuerza, lanzando golpes de lado a lado hacia pocos, pero uno a la vez, donde él estaba parado en la parte trasera.

Lado vio nuevamente cobre comenzó a gritar en Inglés:

'Dónde está su cohorte Lipinski, junto a su esposa de estafa¿?'-

Ve Dan es rebelión: 'No sé lo que estás hablando? ¿Y no estoy familiarizada con este nombre? Tienes todo mal! Mi nombre es Tang Wah...'-

Colubrine por un momento le habla a Dan, se le nota triste: .. 'No hagas el tonto con nosotros? Sí, Tang mi culo! Sé muy bien eres Ming y Lipinski es su socio en crímenes!'-

En una situación difícil, Dan ha comenzado golpes lanzados en uno de los oficiales. Salta precipitadamente con determinación; al mismo tiempo se mueve hacia adelante y hacia atrás en un salto, mientras estaba parado por adelantado.

En un punto crítico logra escapar a través de alféizar de vidrio; Él está dando resultado para cañizo al aire libre.

Ser oído como insignias Colubrine en: 'Muchachos, seguirlo! ¿No dejes escapar? El nos puede traer a Lipinski!'-

Policía sigue y la búsqueda de Robert. un oficial resultante sacude su cabeza y se asume. Un primer oficial dice urgentemente a Colubrine: 'Inspector creo que han viajado por el mar?'-

Un Oficial entonces se vuelve a un lado y señala a través de la ventana: 'Es la manera de moverse por los barcos!'-

No ven nada, la neblina es tan densa que están manejando a oscuras y rogando que nada se cruce en el camino.

Robert mira a Dan y le pregunta: "Dan que está pasando hombre!"–

Nos has hecho salir volando, hemos tomado este bote que no es nuestro, estamos a una velocidad de los mil diablos y sin poder vernos ni las narices, hombre di de una vez que está pasando aquí!"–

Dan lo mira con pánico mientras dice: "Ciclope esta aquí! Nos ha seguido!"-

Al amanecer se ve la bahía surcada por dos botes.

El primero tiene a bordo a los viajeros en un barco proveniente de China.

El segundo lleva al trió, que sigue con prisa pero ya algo mas seguros.

Los dos barcos se encuentran en paralelo, y Dan le dice al conductor del otro: "Tú crees que mi bote tenga mas velocidad que el tuyo? Qué te parece si hacemos una carrera para ver quién gana?"–

Los hombres del otro bote sonríen y asientan la cabeza.

Robert-Kent, también le responde a Dan: "En el acto Sí jefe! Es el momento de atrapar a los pescados!"–

Dan y Robert sonríen con los hombres del otro bote, se conoce. Uno de ellos le dice: "No te olvides Kent que ya se viene el Festival de los bote del Dragón!"–

'Tienes que hacernos un bote digno de competencia, de esos que solo tú sabes hacer!"

Robert sigue al volante del bote, va tan rápido como puede pero ya empieza a oscurecer y si a eso le añadimos la neblina entonces estamos en condiciones realmente peligrosas.

Robert intenta seguir pero en un momento debe hacer una maniobra arriesgada para evitar estrellarse contra una roca.

Pasan quinde minutos, el trio compuesto por Robert, Dan y Nora están exhaustos de tanto viaje, el mar esta movido y las olas golpean sin cesar, la neblina se acentua y empieza a correr un viento helado.

Nora dice mirando a las aguas oscuras: "Jesus, esto no tiene cuando acabar, parece que el cielo se vuelve mas oscuro a cada momento."–

De pronto de la nada escuchan el motor de una lancha que se les va acercando a lo lejos.

La lancha parece perseguirlos, no pueden creer que los estén persiguiendo!

Robert mira la lancha y como entrar y sale de las olas, se balancea y parece perder el equilibrio por momentos pero sigue de pie y sigue tras ellos.

La lancha está liderada por Martin, que no puede creer lo que ven sus ojos cuando del medio del cielo negro aparece un cuervo inmenso que se posa en sus hombres intentando picotearlo y atacarlo: 'Sal de aquí cuervo de mierda!'– Grita Martin todavía no dando crédito a lo que está pasando:

'Maldito seas pajarraco de mierda, de donde has salido?'–

Gale sigue agitando sus alas, lo hace con fuerza y como si llevara toda la rabia adentro.

Nora ve el espectáculo ante sus ojos y esta aterrada: "De donde salió ese pájaro Robert?"–

Prosigue Nora: 'Salió de la nada, tengo miedo, nos atacara a nosotros también?'-

Robert sonríe mientras mira al cuervo: 'No te preocupes Nora, es Gale, ella siempre nos protege!'–

Nora lo mira aun sin creerle pero Robert prosigue: 'Ella esta aquí para ayudarnos, ha venido a salvarnos como siempre.'–

La persecución continua, la policía en la lancha rápida no se da por vencida, esta vez no van a dejar que este dúo de delincuentes y Nora escapen de nuevo frente a sus narices, ya quedaron mal una vez, no pasara de nuevo se dicen.

Robert tiene que aumentar la velocidad, pero sin dar se cuenta da un giro brusco y su bote choca de frente con una ola grande, dando como resultado que se vuelquen y todos los pasajeros caigan al agua.

Pasan diez minutos y el trío en el agua sigue nadando, intentado salir a flote y que la corriente no se los lleve.

Martin los sigue buscando: "Donde estas Lipinski? Donde estas desgraciado! Esta vez te voy a atrapar! Te lo juro!"–

Pero Robert, aunque escucha su voz no le presta atención, esta mas preocupado en encontrar a Nora y mantenerla a flote para que no se pierda en las aguas oscuras y turbulentas.

Lamentablemente las lanchas de los policías son mas en número y fuerza, logran rodearlos y detenerlos.

Primero ayudan a Nora a subir al bote y luego suben a Dan y a Robert.

Les da una toalla a cada uno, el trío esta casi congelado por la temperatura de las aguas, igual no iban a poder durar mucho tiempo ahí.

Martin se siente a cargo, está feliz y se nota que disfruta de ese papel como si lo hubiera estado sonando por años, lo cual además es cierto, Martin dormía cada día con un sueño en mente y era atrapar a a Robert Lipinski, cueste lo que cueste.

Martin grita: "Ahora Robert y Sr Ming, pónganse de rodillas, ustedes están arrestados! –

Robert está nervioso pero aun así se enfrenta a Martin de manera sarcástica: "Cual es el apuro Martin, donde vamos a ir? No ves que estamos rodeados de agua?"

CAPÍTULO 32

En el mismo día a media mañana, en el puerto estaban Dan, Nora y Robert y se despedian en el barco, que le pertenecen a alguien, y viajan a alta velocidad...

La visibilidad es cero a través de a marina, y es causada por la niebla que oculta la vista al mar.

Dado Dan está corriendo hacia un muelle; hizo una parada en el camino, que luego tiradas al lado y está viendo de lejos; Pero él está en el borde.

En un punto crítico está respirando Dan; Habla tenso:

"Kent y estás Nora, entra rápidamente en el barco. Y, nos dejó restos...!"- Pero Kent lo detiene corto, ser curioso: 'Dan, ¿qué está pasando?'-

Dan vueltas al instante para mirar alrededor, cuando lo vi en el borde, por lo tanto ha respondido: "La policía local con Cíclope atrás vienen detrás de nosotros?"-

Más tarde, sin embargo, en los dos barcos amanece con los primeros viajeros a bordo de un transbordador chino, tiene despedida hacia el puerto.

Allí este trío abordó un transbordador y por ahora está en cruzar ese crucero de confusión en la niebla...

En las primeras horas de la mañana se ve a uno de los barcos avanzar rápido, donde el trio va detrás.

El patrón de segundo un transbordador vino un poco más adelante en proximidad cercana a buque de Robert.

Escuchando un capitán habla con ese de tripulación. Y comenzó una conversación entre él y Robert-Kent siguiente: "Aquí está el barco que puede ganar una carrera?"-

La tripulación del barco, de acuerdo con su líder hizo una señal de aprobación con la cabeza. En el lugar llegó la réplica de Kent:

"Si jefe! Es tiempo de pesca!"- El capitán da una sonrisa y asiente con la cabeza; da la señal para seguir adelante.

El capitán entonces declara: "Tienes razón! ¿No te olvides que es el momento para el festival del bote del dragón?

'Kent, nos hacen un buen barco la próxima vez?"-

Robert Mira; Toma tragos de aire; y produjo una sonrisa nerviosa; Cuando se respondió: "¿Sr Tang no sé, todavía? Depende de lo que el destino ha reservado para mí?"-

De pronto se vio como navega Tang dando curso a las manijas de la embarcacion; a modo de cortar el agua.

Desde que Robert esta a bordo del barco este seguia rodando, de pronto la helice del barco parece parar reduciendo la velocidad en un intento de evitar un desastre mayor.

Del aire las mareas se levantan, teniendo en cuenta que el barco de Robert se balancea hacia adelante y hacia atrás sobre las olas.

Dan parece convertirse en un remero, como si supiera demasiado.

En medio del alta mar, Robert empieza Remo tan rápido como pueda, es como dos remeros estaría haciendo el trabajo.

Quince minutos más tarde este trio en medio de la vista al mar Eleanor esta a unos metros sin aliento. Asi que toma muchas bocanadas de aire.

Dado el hecho de que ella se dobla sobre tablero y mira fijamente en aguas profundo y oscuro...

Eleonor se dobla encima del tablero y con un humor algo sarcástico y como aburrido se pregunta: "Jesus, es aun oscuro y fresco afuera? Y, ¡está lloviendo gatos y perros también...'-

...De la nada el trío se avista una lancha giró como cortar sobre el agua, cruzando a su lugar.

Allí estos tres están atrapadas en medio de las olas del mar. Imprevistas una represión en barco de Rob de la velocidad, mientras que el trío está ganando lentamente su a través de su crucero.

Ser capturado pone a Robert tenso, así que está gritando: 'Muchachos, ten cuidado en olas altas!...'-

...A unos metros de allí en lancha de la policía, por el cual el conductor va más rápido, donde lancha levanta olas en un intento de llegar al en barco de este trío.

Vi una situación de riesgo, cuando de repente un cuervo voló; y está aterrizando abajo en la parte superior del brazo de Martin.

Martin intenta deshacerse de un cuervo molesto; y a la vez derrama hacia fuera en él.

Es como 'un gato en un tejado de zinc caliente': "Vete a la mierda, cuervo! ¿En el infierno de donde vino? Te voy a matar maldito cuervo!..."-

Visto que una urraca se balancea con sus alas; y salió volando.

En el lugar en medio del mar, a bordo del barco florecía una urraca por encima el trío.

Entonces un cuervo está aterrizando en el ápice de cuerpo superior del barco, donde esos tres están inundadas.

Una vez que Nora ve al cuervo se pone nerviosa y asi se delata en su tono de voz: 'De donde vino el cuervo? Tengo miedo, Robert!'-

¿Robert se ve al frente, pone una sonrisa y está reaccionando, juntos acariciando el cabello de Nora, entonces dice:

'No estes asustada Nora! Es Gale! La urraca nos puede ver a lo lejos y con la niebla.'-

Más tarde en una sola vez completa en medio de la vista al mar la policía lancha presiona el gas; realizado con el fin de llegar al barco de Robert...

A continuación uno en medio de esos agentes de la policía comenzó a disparar en una línea recta hacia el barco de Robert...

...Inesperadamente la lancha llega al alcance de buque de Robert; como resultado el oficial sopla lejos a través de la parte inferior del barco.

Como resultado Robert se mueve a un lado y de forma atrevida dice: "Eres un cerdo! ¿Cíclope acerca, mira para arriba?...''-

Del barco un repentino Robert empieza a girar, luego sobre el terreno, se volcó.

A través de esos tres han caído por la borda al mar...

Sólo relativamente diez minutos han pasado; dado ese trío aún nadando en las aguas...

En este momento Martin inclina; alcanza para el trío está en el agua, con el fin de sacarlos a bordo de la lancha de policía...

Martin grita a todo pulmón de manera ansiosa: "Al fin te he pillado, hijo de puta!"

Mientras que Robert no le presta atención, en su lugar que se retrasa, vio su inclinación de la parte superior del cuerpo para agarrar de Leonor, que es un lavado, es como si va a ayudar a salir.

Como Martin se ve, pero aborrezco a Robert: 'El hijo de puta, Lipinski. ¿Crees que podría escapar de nosotros? De ninguna manera!'-

En una situación difícil, Rob esta sin aliento: 'Ah-ah, pillame!'-

Como resultado la policia esta ayudando primero a Eleonhor ha subir al barco.

A continuacion Dan es sacado Segundo en linea, esta todo mojado desde la cabeza hasta los pies, Y por ultimo sacan a Robert desde abajo del agua, mokado tambien.

Con unos minutos pasar este trio sale de las aguas heladas, donde estaban congelándose...

A Dan, Nora y Robert les da a cada uno una toalla para que se sequen.

Un repentino Martin está al mando de voz gritando: 'Ahora, señor Ming y Lipinski, de rodillas! ¡Hazlo! Poner las manos detrás de la cabeza! Todos ustedes están bajo arresto!'-

Vi el trío autoconsciente: levantó la cabeza; Pero parecen están preocupados. Dan para Martin, es irónico: "¿Cuál es la prisa? No vamos a ningún lado?"-

Señala una mano hasta el final: "¿No ves que todos estamos rodeados por el mar? Nadie puede escapar?"-

En el lugar Robert giros ver a Nora; luego vuelve y se enfrenta a Martin; mientras que se ve y habla que asco: "Sí!"-

Un capricho Robert se convierte a un lado; ¿Así, añade más, ser irónico: "Oh, Martin antes que me olvide, pareces un acorde del delincuente para mí? Con mucho gusto voy a bajo el mar con el capitán Nemo, para escapar de su locura, Cíclope!"-

CAPÍTULO 33

E se mismo dia en la tarde, el crepusculo tiene un color rojo como de sangre. Aquí coches de policía se observan siguiendo una ruta de las montañas y colinas que suben y bajan con el carro por las bobinas. Martin al mando de un grupo y está siguiendo la ruta del cuervo, considerando que está siguiendo Gale.

Más tarde, aparentemente avanzados vehículos con las fuerzas a bordo, entonces ellos han impulsado hacia abajo.

Han manejado ya bastantes millas, y no saben exactamente a donde los deparar el camino, pero siguen avanzando siempre en la ruta de la urraca.

Es ya casi el atardecer, lso coches siguen su camino, Martin tiene que apretar el acelerador para seguir el paso de Gale, los otros coches lo siguen.

Del camión a 90 km por hora, 95 km por hora están llegando ya a 100km por hora y Gale sigue subiendo la velocidad como si supiera que la siguen.

De pronto Gale para el vuelo, en caída libre cae desde arriba muy arriba y con una precisión asombrosa se posa en la rama de un árbol.

Los policías para perseguida se pongan en venta sus motores en una urraca en el aire que sobre tierra firme.

Martin ha conducido a alta velocidad relativamente durante mucho tiempo. Martin sabe que es un truco e intenta parar y controlar su vehículo pero no puede, de la urraca que intenta llevar su coche a un alto...

Sin previo gira dos veces y termina estrellando el coche justo en el árbol donde Gale esta posada.

El impacto contra el árbol es tan fuerte que la urraca debe volar otra vez para que la rama no caiga con ella.

Gale vuela al mismo tiempo que el inspector Colubrine, también presente, saca un arma de su abrigo y empieza dispararle.

Los prisioneros que están en el auto y han visto la escena gritan aterrados.

Robert no puede creer lo que esta viendo: "No, Gale! Vuela por favor, no pares!"–

Pero parece ser muy tarde, porque en un segundo se ve al cuervo caer de manera pesada a tierra.

Todos bajan de los coches para ver a la urraca que perseguían y que estaban seguros los iba a llevar al botín que tenian escondidos los delincuentes.

Robert intenta revivir a Gale y le dice al oído: "Vamos Gale se valiente, abre los ojos, eres el amigo mas leal que tengo, no me abandones."-

Robert sigue lamentándose: "Gale, no te mueras! Oh Dios que hice! Gale no te mueras por mi culpa por favor!"–

Nora se acerca a Robert, intentado calmarlo pero sin entender la conmoción por la muerte del pájaro.

"Vamos Robert, por favor no te pongas así, cálmate. Qué pasa si esta urraca murió? Porque tanto barullo por ello!"–

Robert la mira con furia: "No sabes lo que están diciendo Nora, cállate y retírate por favor, déjame solo!"–

Se voltea a Gale y le dice: "Gale, siempre fuiste fiel a mi, y mira por mi culpa como estas! Tu eres mi familia!"-

Nora sigue sin entender: "Robert como dices eso! Tu familia somos yo, tu mama, Hugo, tu hermana. Nosotros te amamos no este cuervo!"–

Robert tiene una mirada fría cuando le dice: "Nora yo te amo, amo a mi familia. Pero en este momento déjame ayudar a Gale, ella ha sido mi fuel compañera durante 'todos estos años. No la puedo dejar morir así como si nada."

Mientras tanto los otros oficiales están ayudando a Martin, luego del terrible impacto de su coche contra el árbol.

Robert sin importar el barullo a su alrededor, recoge a Gale y la pone dentro de una bufanda, mientras acaricia sus alas, como dándole el ultimo alas.

A pocos metros Martin yace terriblemente herido, el impacto ha sido demasiado fuerte, y sus heridas son realmente fuertes.

El inspector Colubrine tiene una de las manos de Martin entre las suyas: "Aguanta hombre, aguanta, las ambulancias ya están en camino, no te rindas a último momento, aguanta un poco más."–

Martin casi desfalleciendo murmura Robert:

"Robert esta ahí? Necesito hablar con Robert, por favor?"–

Robert se acerca, no muy convencido, no se le ocurre que tiene que decirle Martin en estos momentos.

"Robert estas molesto conmigo?"– Murmura Martin con un hilo de voz –

Robert lo mira con ojos de plato: "Tu que crees Martin?"–

Martin voltea la cabeza y pide un poco de agua: 'Esta en mucho dolor Martin?'–

El inspector Colubrine replica 'No hagas mas esfuerzo, aguanta un poco mas.'–

En un giro inesperado de la historia, Martin mira a los ojos al inspector Colubrine y le dice: "Por favor inspector! Se lo ruego en estos últimos momentos no presente cargos contra?"–

Robert sigue Martin y los demás sin dar crédito a lo que escuchan: "Robert perdone todo ha sido mi culpa."–

Martin no suelta la mano de Robert mientras dice: 'Lipinski, son mis últimos momentos, no quiero morir sin confesarte algo que me está quemando el pecho.'–

Robert se siente incomodo: "Mira Martin, quédate tranquilo hombre, no hagas mas esfuerzo, no sigas."–

Martin prosigue: "Déjame hablar, no me queda mucho tiempo de vida. Te acuerdas ese accidente de la construcción? Fui yo quien lo provoco, tenia tanto odio hacia ti que fui de noche y yo corte los cables, fui yo, toda la culpa es mía."–

El cuerpo de Martin se estremece mientras sigue hablando, son los últimos suspiros de un hombre moribundo.

"Luego de eso vino mi obsesión por Nora. Pero no hay nada que hacer, por mas que he querido separarlos y por mas 'que la he querido a mi lado, ella te ama y no tiene ojos para nadie mas que para ti."–

Sigue en un murmullo: "Nora y Robert por favor perdónenme, por favor persónenme por tanto daño."-

Nora se acerca a Martin: "Oh Martin, lo siento, siento mucho todo esto. Mis sentimientos siempre han sido hacia Robert, losiento mucho." –

Martin sigue implorando el perdón, Robert que en el fondo es un buen hombre siempre compasión por Martin en ese momento: "Cálmate Martin, si te perdono, cálmate ahora, no te muevas, no hagas más esfuerzo que sino el dolor será más fuerte. Si, te perdono, si te perdono!"–

'Gracias por tu compasión, Robert! Yo sé que soy un pecador y pagare por tanto daño pero gracias por perdonarme tu y no guardarme rencor.'-

Martin da un último suspiro en brazos de Robert.

Algo que este ultimo nunca pensó que podía pasar.

Sigue agonizando pero se niega a morir aun.

"Vamos, Martin!"– No sigas hablando – intenta calmarlo Martin: "Los dos nos vamos a encontrar en el cieloe n algún momento y nos reiremos de la situación."–

Robert mira al inspector Colubrine y le dice: 'Nunca entendí porque Martin tenia tanta envidia de mi, eso fue desde el colegio. Nunca lo entendí si el era el mas popular de la escuela y yo no era nadie.'–

Sigue Robert: "Pero no importa yo lo perdono, no es bueno tener rencor y seguir con eso en el cuerpo."-

Dan que ha estado viendo de lejos toda la escena, se le acerca y le dice: "Haces bien amigo, haces bien."–

Nora se acerca y lo abraza por detrás: 'Si amor, todo ya paso, lo único que te pido es que comencemos de nuevo, de manera limpia esta vez, sin nada turbio que nos manche.'

Columbrine se les acerca y les dice a los tres: "Váyanse de aquí hombres, intenten empezar de nuevo de manera correcta, vayan antes de que me arrepienta!"–

Nora y Robert se abrazan y empiezan a caminar, seguidos por Dan.

El trio se aleja y sonríe pensando en un nuevo amanacer.

AL FINAL